BASTEI
LÜBBE

Taschenbücher von ROBERT ASPRIN
im BASTEI-LÜBBE-Programm:

Geschichten aus der Diebeswelt
20 089 Die Diebe aus Freistatt
20 091 Der blaue Stern
20 093 Zum wilden Einhorn
20 095 Die Rache der Wache
20 098 Die Götter von Freistatt
20 101 Verrat in Freistatt
20 107 Krieg der Diebe
20 113 Hexennacht
20 122 Sturm über Freistatt
20 140 Armeen der Nacht
20 149 Die Farbe des Zaubers

20 084 Ein Dämon auf Abwegen
20 085 Ein Dämon kommt selten allein
20 086 Ein Dämon macht noch keinen Sommer
20 109 Dämonen-Futter
20 110 Ein Dämon mit beschränkter Haftung
20 137 Ein Dämon für alle Fälle
20 144 Ein Dämon dreht durch

Robert Asprin (Hg.)

Geschichten aus der Diebeswelt

DIE RACHE DER WACHE

BASTEI LÜBBE

BASTEI-LÜBBE-TASCHENBUCH
Fantasy
Band 20 095

Erste Auflage: Mai 1987
Zweite Auflage: September 1990

Mit Illustrationen, Karten und Erläuterungen
im Anhang von Helmut W. Pesch

Deutsche Lizenzausgabe 1987
Bastei-Verlag Gustav H. Lübbe GmbH & Co., Bergisch Gladbach
Originaltitel: Tales from the Vulgar Unicorn/
Shadows of Sanctuary
Ins Deutsche übertragen von Lore Straßl
Redaktion: Anja Dihrberg/Dr. Helmut Pesch
Titelillustration: Walter Velez
Umschlaggestaltung: Dieter Kreuchauff
Druck und Verarbeitung:
Clausen & Bosse, Leck
Printed in Western Germany
ISBN 3-404-20095-0

Inhalt

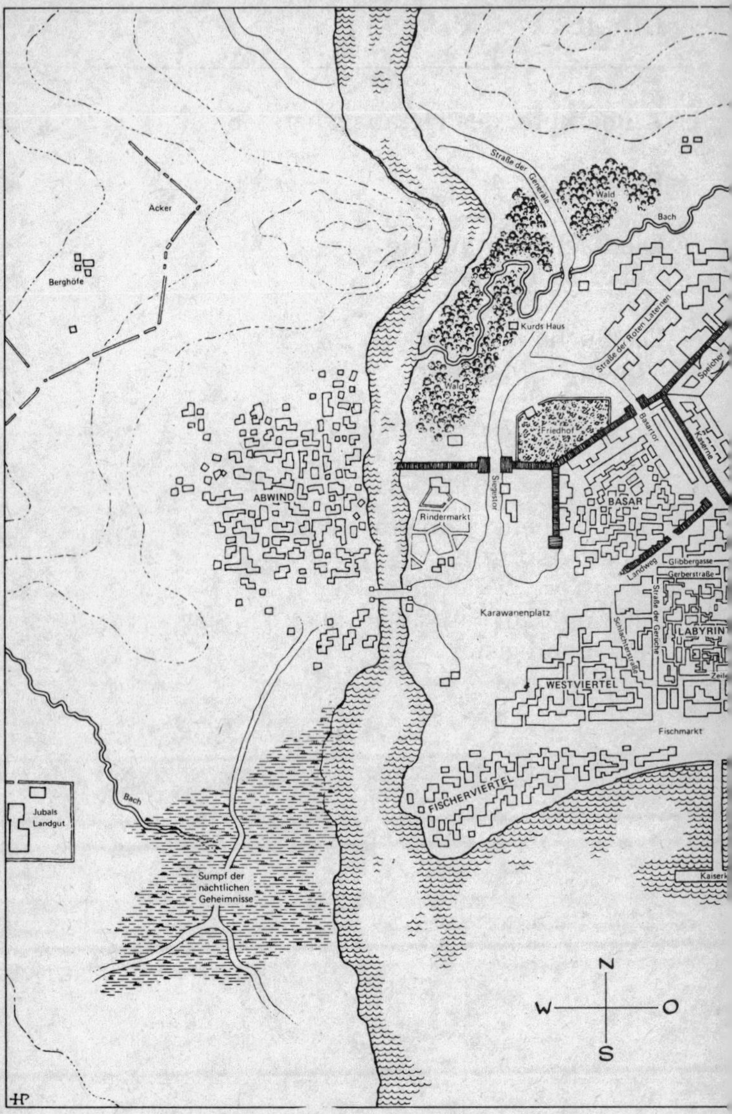
Acker
Berghöfe
Straße der Generäle
Wald
Bach
Kurds Haus
Straße der Roten Laternen
Speicher
Wald
Friedhof
Basartor
Kaserne
Siegestor
ABWIND
Rindermarkt
BASAR
Glibbergasse
Gerberstraße
Landweg
Straße der Gerüche
Schlachterstraße
Karawanenplatz
WESTVIERTEL
Fischmarkt
FISCHERVIERTEL
Bach
Jubals Landgut
Sumpf der nächtlichen Geheimnisse
N
W
O
S

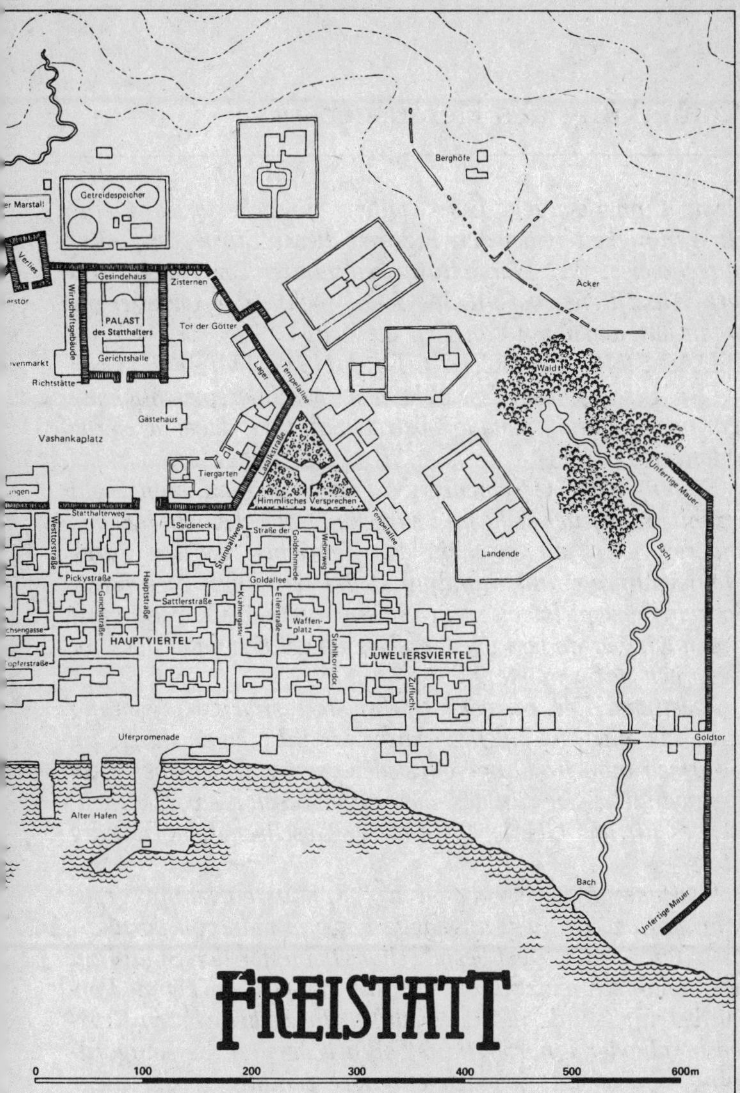

Getreidespeicher
Verlies
Gesindehaus
Zisternen
Wirtschaftsgebäude
PALAST
des Statthalters
Gerichtshalle
Tor der Götter
Richtstätte
Lager
Tempelallee
Berghöfe
Acker
Wald
Gästehaus
Vashankaplatz
Lasalkstraße
Tiergarten
Himmlisches Versprechen
Unfertige Mauer
Statthalterweg
Westtorstraße
Seideneck
Straße der Goldschmiede
Weberweg
Sturmballweg
Tempelallee
Landende
Bach
Pickystraße
Hauptstraße
Goldallee
Ginchistraße
Sattlerstraße
Krämergasse
Eiferstraße
Waffenplatz
Stahlkorridor
HAUPTVIERTEL
JUWELIERSVIERTEL
Zuflucht
Uferpromenade
Goldtor
Alter Hafen
Bach
Unfertige Mauer
FREISTATT
0
100
200
300
400
500
600m

Anmerkung des Herausgebers

Dem aufmerksamen Leser fallen möglicherweise kleine Unstimmigkeiten bei den Figuren dieser Stories auf. Ihre Sprechweise, ihre Darstellung bestimmter Ereignisse, und ihre Ansichten, wer in der Stadt mehr oder weniger zu sagen hat, variieren von Zeit zu Zeit.

DAS SIND JEDOCH KEINE UNSTIMMIGKEITEN!

Der Leser sollte diese scheinbaren Widersprüchlichkeiten noch einmal genauer betrachten und dabei dreierlei bedenken:

Erstens: Jede Geschichte wird aus einer anderen Sicht erzählt, und jeder sieht und hört die Dinge eben ein bißchen anders. Selbst augenscheinliche Tatsachen werden durch Wahrnehmung und Standpunkt der einzelnen beeinflußt. So wird beispielsweise ein Spielmann ein Gespräch mit einem Magier anders wiedergeben als ein Dieb, der dasselbe Gespräch mit anhörte.

Zweitens: Die Bürger von Freistatt sind zwangsläufig mehr als nur ein bißchen paranoid. Sie neigen dazu, im Gespräch manche Dinge entweder ganz zu übersehen oder abzuwandeln. Sie tun das eher automatisch als vorsätzlich, weil es für das Überleben in dieser Gesellschaft notwendig ist.

Drittens: In Freistatt ist der Konkurrenzkampf groß. Man wird z. B. nicht angeheuert, wenn man von vornherein zugibt, »der zweitbeste Schwertkämpfer der Stadt« zu sein. Man schneidet also nicht nur auf, was die eigene Person betrifft, sondern setzt auch seinen gefährlichsten Rivalen herab oder ignoriert ihn. Folglich variiert die Rangordnung in Freistatt je nachdem, wer erzählt – oder mehr noch, wem man glaubt.

Einleitung

Robert Asprin

Es war eine zögernde Nacht im Wilden Einhorn. Nicht zögernd in dem Sinn, daß es noch keine Schlägerei gegeben hatte (hatte es auch nicht), oder daß nicht viele Gäste herumsaßen (es waren tatsächlich nicht viele), sondern eine andere Art von Zögern, am ähnlichsten dem eines Verurteilten auf dem Weg zum Galgen. Denn das Einhorn lag im Sterben, genau wie ganz Freistatt. Jeden Tag verließen mehr Bürger die Stadt, und jene, die blieben, wurden zusehends verzweifelter und grimmiger. Die wirtschaftliche Lage konnte kaum noch schlechter werden.

Verzweifelte waren gefährlich, bei der geringsten Gelegenheit mochten sie zu Räubern werden. Das wiederum machte sie anfällig für die echten Räuber, die die Stadt anzog wie ein krankes Tier Wölfe. Jeder mit auch nur einer Unze Verstand und einem guten Bein, auf dem er noch hinken konnte, hätte Freistatt längst verlassen.

Das jedenfalls waren Hakiems, des Geschichtenerzählers, Gedanken, während er über einem Becher billigem Wein grübelte. In dieser Nacht machte er sich nicht einmal die Mühe vorzutäuschen, daß er betrunken schlummerte, während er in Wirklichkeit aufmerksam den Gesprächen an den Nachbartischen lauschte. Er kannte sämtliche anwesenden Gäste und wußte, daß kein einziger etwas von Interesse für ihn ausplaudern würde – also war es unnötig, gleichgültig zu tun.

Morgen würde er Freistatt verlassen. Er würde sich

eine neue Stadt suchen, irgendwo, wo die Leute freigebiger waren und ein Meistergeschichtenerzähler gebührend gewürdigt wurde. Hakiem lächelte bitter, denn noch während er diesen Entschluß faßte, wußte er bereits, daß er sich nur selber etwas vormachte.

Er liebte diese jämmerliche Stadt, genau wie er diesen zähen Menschenschlag liebte, den sie hervorbrachte. Eine hartnäckige unerschütterliche Lebenskraft brodelte unter der Oberfläche. Freistatt war ein Paradies für Geschichtenerzähler. Wenn er die Stadt verließ, falls er es je tat, würde er genug Geschichten für ein ganzes Leben – nein, zwei Leben – haben. Lange Geschichten und kurze Geschichten, genau auf den Geldbeutel des Zuhörers zugeschnitten. Geschichten von heftigen Kämpfen zwischen Kriegern und Zauberern. Geschichten von kleinen Leuten, so alltäglich, daß sie das Herz eines jeden rühren mußten. Vom kaiserlichen Statthalter mit seiner Leibgarde, den Höllenhunden, bis zum armseligsten Dieb, boten sie alle Stoff für Hakiems Geschichten. Wenn er sie wie ein Puppenspieler gelenkt hätte, sie hätten ihre Rollen nicht besser zu spielen vermocht.

Das Lächeln des Geschichtenerzählers wirkte echter, als er den Becher erneut an die Lippen hob. Da lenkte eine Gestalt, die soeben zur Tür hereintaumelte, seine volle Aufmerksamkeit auf sich, und der Becher blieb auf halber Höhe in der Luft.

Eindaumen!

Der Wirt und Besitzer des Wilden Einhorns war längere Zeit verschwunden gewesen, und die Gäste hatten sich nicht wenige Gedanken über seine Abwesenheit gemacht. Plötzlich war er wieder da, lebensgroß – nein, nicht ganz lebensgroß!

Hakiem beobachtete ihn, als er sich zum Schanktisch schleppte, sich darauf stützte, nach einem Weinkrug griff und seine sonst so geschickten Finger an dem Korken fummelten, wie ein Jüngling an seiner ersten Frau. Der alte Geschichtenerzähler konnte seine Neugier nicht länger bezähmen. Er zwängte sich hinter seinem Tisch hervor und hastete mit einer Behendigkeit auf den Mann zu, die sein Alter Lügen strafte.

»Eindaumen!« rief er mit wohlberechneter Freude in der Stimme. »Willkommen zu Hause!«

Der Breitschultrige richtete sich auf, drehte sich um und blickte den Geschichtenerzähler mit stumpfen Augen an. »Hakiem!« Das fleischige Gesicht verzog sich zu einem breiten Lächeln. »Bei den Göttern – die Welt *ist* echt!«

Zu Hakiems Verblüffung war Eindaumen den Tränen nahe, als er die Arme ausbreitete, um den Alten wie einen verlorenen Sohn an sich zu drücken. Hastig hielt der Geschichtenerzähler den Weinbecher zwischen Eindaumen und sich.

»Ihr seid lange weggewesen«, sagte er ohne große Umschweife. »Wo wart Ihr eigentlich?«

»Fort?« Wieder blickten die Augen stumpf. »Ja, ich war fort. Wie lange denn?«

»Über ein Jahr.« Der Geschichtenerzähler war verwirrt, aber unersättlich in seiner Neugier.

»Ein Jahr«, murmelte Eindaumen. »Es scheint mir wie ... Die Gänge! Ich war in den unterirdischen Gängen! Es war ...« Er machte eine Pause, um einen tiefen Schluck Wein zu nehmen. Abwesend füllte er Hakiems Becher, bevor er mit seiner Geschichte begann.

Gewohnt, sich Geschichten aus halbfertigen Sätzen und Worten zusammenzureimen, machte Hakiem sich mühelos ein Bild von Eindaumens Heimsuchung.

Ein Zauberer hatte Eindaumen in das Labyrinth unter Freistatts Straßen verbannt und ihm sein Ebenbild gegenübergestellt, das er hatte töten müssen und von dem er getötet worden war* – wieder und immer wieder, bis er wie durch ein Wunder in dieser Nacht alleingewesen und unverwundet geblieben war.

Während Eindaumen in immer schrecklicheren Einzelheiten beschrieb, wie das kalte Metall in seine Eingeweide drang – immer wieder aufs neue – dachte Hakiem über die Geschichte nach. Die Stücke fügten sich zusammen.

In letzter Zeit war jemand hinter Zauberern hergewesen und hatte sie in ihren eigenen Betten umgebracht. Offenbar hatte das Messer dieses Hexerjägers auch den Zauberer getroffen, der den grauenvollen Bann über Eindaumen verhängt hatte. Dadurch war der Wirt freigekommen und in sein normales Leben zurückgekehrt. Eine interessante Geschichte, doch für Hakiem völlig wertlos.

Erstens: Offenbar war Eindaumen bereit, diese Geschichte jedem zu erzählen, der lange genug stillhalten würde, ihm zuzuhören. Infolgedessen würde ein Wiedererzählen nichts einbringen. Zweitens und wesentlich ausschlaggebender: Es war eine schlechte Geschichte. Die Beweggründe waren unklar, das Ende war verschwommen und ohne Handlung. Und es gab keine echte Wechselwirkung zwischen den Beteiligten. Der einzige Pluspunkt war, daß Eindaumen sie in der ersten Person erzählen konnte, und selbst das verlor sich durch Wiederholung. Kurz gesagt, sie war langweilig.

Es bedurfte keines Meistergeschichtenerzählers, um zu diesem Schluß zu kommen. Es war zu offensichtlich. Tatsächlich wurde Hakiem es bereits müde, diesem mitleidheischenden Geplapper zuzuhören.

* Siehe Joe Haldeman »Blutsbrüder«, in: Robert Asprin (Hg.), DER BLAUE STERN (Bastei Fantasy 20091).

»Ihr müßt müde sein«, unterbrach er Eindaumen. »Es war unbedacht von mir, Euch so lange aufzuhalten. Vielleicht können wir uns wieder unterhalten, wenn Ihr Euch ausgeruht habt.« Er drehte sich um, um das Einhorn zu verlassen.

»Was ist mit dem Wein?« rief Eindaumen ihm verärgert nach. »Ihr habt noch nicht bezahlt!«

Ohne zu überlegen antwortete Hakiem: »Bezahlen? Ich habe den Wein nicht bestellt! Ihr habt ihn mir einfach eingeschenkt. Bezahlt selbst dafür!« Er bereute seine Worte sofort. Es war im Labyrinth allgemein bekannt, wie Eindaumen mit Trinkern umsprang, die sich weigerten zu bezahlen. Zu seiner Überraschung beharrte Eindaumen jedoch nicht auf der Bezahlung.

»Na gut«, brummelte der Breitschultrige. »Bildet Euch aber ja nicht ein, daß das zur Gewohnheit wird!«

Der alte Geschichtenerzähler verspürte ein bißchen Bedauern – was selten vorkam –, als er das Einhorn verließ. Zwar war er kein ausgesprochener Freund Eindaumens, aber er hatte auch keinen Grund, ihm Böses zu wünschen.

Der Wirt hatte nicht nur ein Jahr seines Lebens verloren, sondern auch sein Feuer – jenen Kern von Heftigkeit, der ihm den Respekt der Unterwelt von Freistatt eingebracht hatte. Obgleich Eindaumen körperlich unversehrt geblieben zu sein schien, war er doch nur noch die leere Hülle seines ehemaligen Selbst. Und diese Stadt war nicht der rechte Ort für einen Mann ohne die Kraft, sich durchzusetzen!

Das Ende von Eindaumens Geschichte war in Sicht – und es würde nicht schön sein. Vielleicht könnte sie – und der Mann? – mit ein paar Änderungen noch eine Zukunft haben.

Gedankenversunken verschmolz Hakiem mit den Schatten von Freistatt.

Zalbar

Die Rache der Wache

Robert Lynn Asprin

Die Höllenhunde gehörten nunmehr zum Straßenbild von Freistatt. Wenn einer von ihnen sich auf dem Marktplatz sehen ließ, so verursachte er keine Aufregung mehr, man verbarg lediglich die geschmuggelte Ware, und die Preise stiegen. Wenn jedoch gleich zwei erschienen, so wie es heute der Fall war, verstummte das laute Treiben, und man blickte ihnen unruhig nach. Der aufmerksame Beobachter konnte jedoch bemerken, daß die beiden in ihre eigene Unterhaltung vertieft waren und nicht einmal einen beiläufigen Blick auf die Marktbuden warfen, an denen sie vorübergingen.

»Aber er hat mich beleidigt ...«, knurrte der dunkelhäutigere der beiden.

»Er beleidigt jeden«, gab sein Begleiter zurück. »Das ist seine Art. Ich sage dir, Razkuli, ich hörte, wie er selbst dem Prinzen Dinge sagte, für die andere gepeitscht und geblendet worden wären. Du bist ein Narr, es persönlich zu nehmen.«

»Aber Zalbar ...«

»Ich weiß, ich weiß. Er ist dir zuwider; und Quag langweilt dich und Arman ist ein arroganter Aufschneider. Mir ist diese ganze Stadt zuwider, aber das gibt mir nicht das Recht, alle hier niederzumachen. Nichts, was Tempus zu dir gesagt hat, rechtfertigt eine Blutrache.«

»Es ist geschehen.« Razkuli schlug mit der zur Faust geballten Hand gegen die andere Handfläche.

»Nichts ist geschehen, solange du dich an dein

Versprechen hältst. Falls du es vergessen solltest, werde *ich* für Ordnung sorgen. Ich sehe nicht untätig zu, wie sich die Männer meines Kommandos gegenseitig umbringen.«

Die beiden Gardisten gingen eine Weile schweigend nebeneinander her, jeder versunken in seine eigenen Gedanken.

»Sieh her, mein Freund«, seufzte Zalbar. »Einer meiner Männer kam bereits unter skandalösen Umständen ums Leben. Ich möchte nicht für einen weiteren Zwischenfall geradestehen müssen – vor allem nicht, wenn du darin verwickelt bist. Merkst du denn nicht, daß Tempus dich zu einem Kampf zwingen will, einem Kampf, den du nicht gewinnen kannst?«

»Nicht einer, den ich über die Spitze eines Pfeiles hinweg angesehen habe, lebt noch«, erklärte Razkuli bedeutungsvoll, und seine Augen waren zusammengekniffen, als visiere er ein imaginäres Ziel an.

»Mord, Razkuli? Ich dachte nicht, daß ich den Tag erlebe, an dem du zum Meuchelmörder wirst.«

Razkuli holte tief Luft, und in dem Blick, den er seinem Kameraden zuwarf, glitzerte ein Funken Wahnsinn. Dann entspannte er sich. »Du hast recht, mein Freund«, sagte er kopfschüttelnd. »Das ist nicht meine Art. Der Ärger läßt mich unüberlegte Dinge sagen.«

»Das war wohl auch so, als du Blutrache geschworen hast. Du hast Hunderte von Feinden überlebt, die sterblich waren; versuche nicht die Götter, indem du dir einen Feind machst, der nicht sterblich ist.«

»So sind die Gerüchte über Tempus also wahr?« Razkulis Augen verengten sich erneut zu Schlitzen.

»Ich weiß es nicht, etwas ist an ihm, das sich mit vernünftigen Argumenten nicht erklären läßt. Hast du bemerkt, wie schnell sein Bein heilte? Wir beide kennen Männer, deren militärische Laufbahn beendet war, als sie unter ein Pferd gerieten – er jedoch trat innerhalb derselben Woche wieder seinen Dienst an.«

»Ein Mann wie er, ist eine Beleidigung für die Natur.«

»Dann überlaß es der Natur, sich an ihm zu rächen«, schlug Zalbar vor, lachte und klopfte Razkuli freundschaftlich auf die Schulter, »dann können wir unsere Freizeit mit Lohnenderem verbringen. Komm, ich spendiere dir eine Mahlzeit, das wird eine angenehme Abwechslung sein von der Kasernenkost.«

Haakon, der Naschwerkverkäufer, strahlte, als sich die beiden Soldaten seinem Karren näherten. Geduldig wartete er, bis sie aus seinen mit gewürztem Fleisch gefüllten Teigtaschen ihre Wahl getroffen hatten.

»Das macht drei Kupferstücke«, sagte er, und zeigte lächelnd die gelben Zähne.

»Drei Kupferstücke?« stieß Razkuli aufgebracht hervor, aber Zalbar brachte ihn mit einem leichten Rippenstoß zum Schweigen.

»Hier, Händler ...« Der Befehlshaber der Höllenhunde ließ die Münzen in Haakons offene Hand fallen, »nehmt vier. Wir aus der Hauptstadt sind es gewohnt, für gute Qualität einen angemessenen Preis zu bezahlen – ich nehme an, daß Ihr, so fern von der Zivilisation, Eure Preise der Zahlungsfähigkeit der ärmeren Bevölkerung anpassen müßt.«

Das schmerzte. Ein haßerfüllter Blick traf Zalbar, ehe er sich abwandte und Razkuli mit sich zog.

»Vier Kupferstücke! Drei waren schon zuviel verlangt!«

»Ich weiß.« Zalbar zwinkerte ihm zu. »Aber ich habe ihn um das Vergnügen gebracht, um den Preis zu feilschen. Das sind mir die Gesichter wert, die sie machen, wenn ich ihnen sage, sie verkauften unter Wert – das ist eines der wenigen Vergnügen hier in diesem Höllenloch.«

»So habe ich das noch nie betrachtet«, gab Razkuli zu und lachte. »Aber du hast recht, mein Vater wäre bleich geworden, hätte ihn jemand absichtlich überbezahlt. Tu mir den Gefallen und laß es mich versuchen, wenn wir den Wein kaufen.«

Der Weinhändler reagierte nicht anders als Haakon, als Razkuli sich weigerte, mit ihm zu handeln. Ihre anfängliche schlechte Laune war nun verflogen, und sie machten sich, fast vergnügt, zum Mahl bereit.

»Du hast für Essen und Trinken gesorgt, und ich werde den Ort aussuchen«, entschied Razkuli und verstaute die Weinflasche in seinem Gürtel. »Ich kenne einen angenehmen und ruhigen Winkel.«

»Das muß außerhalb der Stadt sein.«

»Ja, jenseits des Basars. Komm, die Stadt wird uns schon ein Stündchen oder so nicht vermissen.«

Zalbar war leicht überredet, es war jedoch mehr Neugierde, als der Glaube an Razkulis Versprechung. Mit Ausnahme seltener Patrouillen entlang der Straße der Roten Laternen gelangte er selten vor die Nordmauer der Stadt. Und die Gegend, nordwestlich von Freistatt, wohin Razkuli ihn führen wollte, war ihm noch völlig fremd.

Die Welt hier ließ sich mit der Stadt nicht vergleichen; es war, als hätten sie durch ein magisches Tor ein anderes Land betreten. Die Gebäude standen hier weit auseinander, dazwischen lagen freie Plätze, im Gegensatz zu den dicht gedrängten Geschäften und engen Gassen im Zentrum der Stadt. Die Luft war frisch und roch nicht nach den ungewaschenen Körpern, die einander in den belebten Straßen hin und her stießen. Zalbar entspannte sich in dieser friedvollen Umgebung. Die Last, in dieser verhaßten Stadt Dienst zu tun, war von ihm genommen wie ein schwerer Mantel, und er freute sich auf ein ungestörtes Mahl in angenehmer Gesellschaft.

»Vielleicht könntest du mit Tempus reden? Wir müssen ja nicht gleich Freundschaft schließen, aber wenn er ein anderes Ziel für seine Sticheleien finden könnte, käme mir das schon sehr entgegen.«

Zalbar bedachte seinen Kameraden mit einem wachsamen Blick, fand jedoch nichts von der blinden Wut, der er sich vorher hingegeben hatte. Die Frage schien ein ehrlicher Versuch Razkulis, einen Kompromiß in dieser unerträglichen Situation zu finden.

»Ich würde es tun, wenn es etwas nützte«, seufzte er, »aber ich fürchte, daß ich keinen Einfluß auf ihn habe. Wahrscheinlich verschlimmere ich dadurch nur alles. Er würde seine Bemühungen verdoppeln, nur um zu beweisen, daß er auch mich nicht fürchtet.«

»Aber du bist sein vorgesetzter Offizier«, warf Razkuli ein.

»Nach außen hin vielleicht«, Zalbar zuckte mit den Schultern, »wir beide wissen jedoch, daß das nicht allzuviel bedeutet. Tempus steht in der Gunst des Prinzen. Er ist frei, zu tun, was er will, und meinen Befehlen leistet er nur Folge, wenn er selbst es für richtig hält.«

»Du hast es geschafft, ihn vom Aphrodisia-Haus fernzuhalten.«

»Nur, weil ich den Prinzen davon überzeugen konnte, wie wichtig es ist, die Gunst des Hauses zu bewahren, bevor Tempus kam«, gab Zalbar zurück und schüttelte den Kopf. »Ich war beim Prinzen, damit dieser Tempus' schlechtes Benehmen bändige, und erntete dafür Tempus' Haß. Er tut nach wie vor was ihm gefällt, im Liliengarten – und der Prinz sieht weg. Nein, auf meinen Einfluß auf Tempus kann ich mich nicht verlassen. Er würde mich wohl nicht physisch angreifen, denn er achtet meine Stellung in der Leibwache des Prinzen. Allerdings glaube ich nicht, daß er mir zu Hilfe käme, geriete ich in einem Kampf in Bedrängnis.«

In diesem Moment erblickte Zalbar einen kleinen Blumengarten neben einem Haus, nicht weit von ihrem Pfad. Dort war ein Mann bei der Arbeit, er goß die Blumen und entfernte verblühte Pflanzen. Dieser Anblick rief wehmütige Erinnerungen in dem Höllenhund wach. Wie lange war es her, seit er in der Hauptstadt vor dem Palast des Herrschers gestanden, und seine Langeweile vertrieben hatte, indem er den Gärtnern bei ihrer Arbeit zusah? Ihm kam es vor wie eine Ewigkeit. Obwohl er Soldat war, oder vielleicht gerade deswegen, bewunderte er die stille Schönheit der Blumen.

»Laß uns hier essen – unter diesem Baum«, schlug er daher vor und wies auf einen Platz, von dem aus sie auf den Garten sehen konnten. »Dieser Ort ist so gut wie jeder andere.«

Razkuli zögerte, er warf einen Blick auf das Haus, das inmitten des gepflegten Gartens stand, und wollte etwas sagen, zuckte dann aber mit den Schultern und ging auf den Baum zu. Zalbar bemerkte den verschmitzten Blick seines Kameraden, maß ihm jedoch keine große Bedeutung bei, und wandte sich dem friedlichen Anblick des Gartens zu.

Die beiden nahmen ihr Mahl in der Manier erfahrener Veteranen ein, die gerade keinen Dienst taten. Anstatt einander gegenüber Platz zu nehmen, setzten sie sich Rücken an Rücken in den Schatten der weit ausladenden Baumkrone. Die irdene Weinflasche stellten sie neben sich, so daß ein jeder sie leicht erreichen konnte. Auf diese Weise hatten sie nicht nur freie Sicht nach allen Seiten, was ihnen ein ungestörtes Mahl sichern sollte, sie hatten zudem kurze Zeit das Gefühl, jeder für sich alleine zu sein – ein Zustand, den jene zu schätzen wissen, die nahezu jeden Augenblick mit mindestens einem Dutzend Kameraden teilen müssen. Um diesen Eindruck noch zu verstärken, aßen sie schweigend. Keiner versuchte, ein Gespräch zu beginnen, bis das Mahl beendet war. Dies war die Haltung von Männern, die einander völlig vertrauten.

Obwohl er von seinem Platz aus den Blumengarten gut sehen konnte, wanderten Zalbars Gedanken zurück zu dem Gespräch, das er und Razkuli geführt hatten. Es war, neben anderen Dingen, seine Aufgabe, den Frieden unter den Höllenhunden zu erhalten, zumindest so weit, daß ihre persönlichen Streitigkeiten die Durchführung ihrer Pflichten nicht beeinträchtigten. Für den Augenblick wenigstens hatte er diese Aufgabe erfüllt, indem er seinen Freund beruhigt und einen offenen Kampf innerhalb der Truppe abgewendet hatte. Nachdem er den Frieden zumindest so weit gesichert hatte, mußte er sich selbst eingestehen, daß er Razkulis Meinung von ganzem Herzen teilte.

Großmäulige Raufbolde waren nichts Neues in der Armee, aber Tempus war etwas anderes. Zalbar glaubte fest an Disziplin und Gesetz, deshalb verachtete er Tempus' Einstellung und Verhalten. Am härtesten traf es ihn jedoch, daß Tempus in der Gunst des Prinzen stand, und er, Zalbar, deshalb nichts gegen ihn unternehmen konnte, trotz der sich häufenden Gerüchte über Tempus' unmoralisches, ungesetzliches Verhalten.

Der Blick des Höllenhundes verfinsterte sich, als ihm die Vorkommnisse, die er gesehen und gehört hatte, durch den Kopf gingen. Tempus nahm in aller

Öffentlichkeit *Krrf*, in der Freizeit, wie im Dienst. Selbst bei den nicht leicht zu schockierenden Einwohnern Freistatts galt er als äußerst brutal und gewalttätig. Man munkelte sogar, er jage und töte systematisch die Falkenmasken, Söldner, die im Dienst des Exgladiators Jubal standen.

Zalbar hegte zwar keine Liebe für den Verbrecherkönig, der mit Sklaven handelte, um seine eigentlichen Geschäfte zu tarnen, aber er konnte auch nicht dulden, daß ein Höllenhund sich selbst zum Richter und Henker machte. Der Prinz hatte jedoch befohlen, Tempus selbständig arbeiten zu lassen, und so war Zalbar machtlos, er durfte nicht einmal den Gerüchten nachgehen. Was waren das für Zeiten, wenn die Hüter des Gesetzes zu Gesetzesbrechern wurden, und die Gesetzesgeber sie in Schutz nahmen?

Ein Schrei zerriß die Luft und schreckte Zalbar aus seinen Träumereien. Kampfbereit, mit gezogenem Schwert sprang er auf die Beine. Als er um sich blickte und nach dem Ursprung des Gebrülls forschte, erinnerte er sich schon solche Schreie gehört zu haben – jedoch nicht auf dem Schlachtfeld. Dieser Schrei war nicht der Ausdruck von Schmerz, Haß oder Angst, es war das nackte, seelenlose Geräusch eines Hoffnungslosen, der sich einem Schrecken gegenübersieht, der zu groß ist, als daß der Verstand ihn fassen könnte.

Die Stille wurde nun durch einen zweiten Schrei erneut zerfetzt, und Zalbar erkannte, daß das Haus mit dem schönen Garten die Quelle der Schreie war. Mit wachsendem Unglauben beobachtete er, wie der Gärtner ruhig seiner Arbeit nachging, ohne auch nur aufzuschauen, trotz der jetzt anhaltenden Schreie. Entweder war der Mann taub, oder er selbst, Zalbar, war verrückt und die Geräusche, die er hörte, kamen aus seiner eigenen vergessenen Vergangenheit.

»Verstehst du nun, warum ich lieber weitergegangen wäre?« fragte der dunkelhäutige Höllenhund lachend. »Vielleicht wirst du das nächste Mal nicht auf deinen höheren Rang pochen, wenn ich dir anbiete, dich zu führen.«

»Du hast das erwartet?« wollte Zalbar wissen. Razkulis Humor besänftigte ihn nicht im geringsten.

»Natürlich, du solltest dankbar sein, daß es erst losging, als wir unser Mahl fast beendet hatten.«

Zalbars Antwort wurde verhindert durch einen langgezogenen, durchdringenden Schrei, der Gehör und Seele gleichermaßen verkrampfen ließ, und der so lange andauerte, daß man nicht glauben konnte, er käme aus einer menschlichen Kehle.

»Ehe du zur Rettung eilst«, riet Razkuli, ohne auf den nun verebbenden Schmerzensschrei zu achten, »solltest du wissen, daß ich die Sache hier bereits untersucht habe. Was du da hörst, ist die Antwort eines Sklaven auf die liebevolle Fürsorge seines Herrn, ein Vorgang, der sich innerhalb unserer Gesetze bewegt, und deshalb nicht in unseren Aufgabenbereich fällt. Vielleicht möchtest du wissen, wer der Herr dieses Hauses ist, es ist ein ...«

»Kurd!« Zalbar sog den Atem durch zusammengebissene Zähne ein und starrte auf das Haus wie auf einen Erzfeind.

»Du kennst ihn?«

»Wir trafen uns einst in der Hauptstadt. Deshalb ist er hier – zumindest ist der deshalb nicht mehr dort.«

»Dann weißt du, welcher Arbeit er nachgeht?« Razkuli wirkte enttäuscht, weil seine Enthüllungen nicht überraschten. »Ich finde ja auch, daß es geschmacklos ist, aber wir können nichts dagegen tun.«

»Das wird sich zeigen«, kündigte Zalbar finster an, und ging auf das Haus zu.

»Wohin gehst du?«

»Ich besuche Kurd.«

»Dann treffen wir uns in der Kaserne wieder.« Razkuli schauderte. »Ich war schon einmal in diesem Haus, und ich werde es nicht mehr betreten, es sei denn, man gibt mir den Befehl dazu.«

Zalbar nahm kaum wahr, daß sein Freund sich zurückzog, er steckte sein Schwert wieder in die Hülle, als er sich dem Haus näherte. Der bevorstehende Kampf würde keine herkömmlichen Waffen erfordern.

»He du!« rief er dem Gärtner zu. »Sag deinem Herrn, daß ich ihn sprechen möchte.«

»Er ist beschäftigt«, knurrte der Mann, »könnt Ihr das nicht hören?«

»Zu beschäftigt, um einen Leibwächter des Prinzen zu empfangen?« verlangte Zalbar zu wissen und hob eine Augenbraue.

»Er hat schon mit den Leibwächtern gesprochen, und jedesmal sind sie wieder gegangen, und mir wurde die Bezahlung gekürzt, weil ich sie eingelassen hatte.«

»Sag ihm, Zalbar ist hier ...«, befahl der Höllenhund. »... dein Herr wird mit mir sprechen, oder möchtest du lieber, daß ich mich mit dir beschäftige?«

Obwohl Zalbar nicht nach seiner Waffe griff, überzeugten seine Stimme und Haltung den Gärtner davon, daß es besser wäre, zu tun, was ihm aufgetragen wurde. Der Mann mit der Gestalt eines Gnoms ließ seine Arbeit liegen und verschwand im Haus.

Während er wartete, betrachtete Zalbar erneut die Blumen, aber der Gedanke an Kurds Anwesenheit verdarb ihm die Freude an den zarten Schönheiten. Statt seine düstere Stimmung zu vertreiben, erschienen ihm die farbigen Blüten nun wie ein grausiger Widerspruch, als betrachte er einen wuchernden Pilz auf einem verrottenden Leichnam.

Als Zalbar sich von den Blumen abwandte, trat

Kurd ins Tageslicht. Obwohl fünf Jahre vergangen waren seit ihrer letzten Begegnung, hatte Kurd sich so wenig verändert, daß Zalbar ihn augenblicklich erkannte: die fleckige, schlampige Kleidung, in der er auch schlief, Haare und Bart ungewaschen, der unnatürlich dürre Körper mit den skelettartigen Fingern, der die Ausstrahlung eines Kadavers hatte, sowie die bleiche Gesichtsfarbe. Zweifelsohne war Kurd die Arbeit noch immer wichtiger als sein eigener Körper.

»Guten Tag – Bürger.« Das Lächeln des Höllenhundes verdeckte in keiner Weise den giftigen Sarkasmus in diesem Gruß.

»Du bist es«, stellte Kurd fest, und musterte den anderen. »Ich dachte, wir wären fertig miteinander, als ich Ranke verließ.«

»Ich denke, du wirst mich so lange treffen, bis du dir eine andere Beschäfigung suchst.«

»Meine Arbeit verletzt keines der rankanischen Gesetze«, brauste der Dürre auf und verriet für einen Augenblick die Willenskraft, die man seinem äußerlich so gebrechlichen Körper nicht ansah.

»Das hast du schon in Ranke gesagt. Ich finde es nach wie vor widerlich, auch ohne deine beschwichtigenden Erklärungen.«

»Beschwichtigende ...« Kurd kreischte, dann fehlten ihm die Worte. Er preßte die Lippen zusammen, faßte Zalbar am Arm und zog ihn zum Haus. »Komm mit mir«, wies er ihn an. »Laß mich dir meine Arbeit zeigen und erklären, was ich tue. Vielleicht begreifst du dann, wie wichtig meine Studien sind.«

Zalbar hatte dem Tod in seinen verschiedensten Formen gegenübergestanden, ohne mit der Wimper zu zucken. Jetzt jedoch zögerte er.

»Ich – das wird nicht nötig sein«, wich er aus.

»Dann wirst du mich also weiterhin verurteilen,

ohne meine Seite gehört zu haben?« Kurd deutete mit einem krummen, knöchernen Finger auf den Höllenhund, und in seiner Stimme schwang Triumph mit.

Zalbar schluckte und wappnete sich. Kurd hatte ihn mit seinen eigenen Waffen geschlagen. »In Ordnung, gehen wir. Aber, ich warne dich – ich ändere meine Meinung nicht so leicht.«

Zalbars Entschlossenheit geriet ins Wanken, als sie das Gebäude betraten und ihnen die übelriechende Luft aus dem Inneren entgegenschlug. Dann sah er den Gärtner, der ihn aus einem Torbogen heraus angrinste, und er verbarg seine Gefühle hinter einer ausdruckslosen Miene, als er Kurd ins obere Stockwerk folgte.

Alles, was der Höllenhund jemals über Kurds Arbeit gehört oder sich vorgestellt hatte, reichte nicht aus, um ihn auf den Anblick vorzubereiten, der sich ihm bot, als der bleiche Mann die Tür zu seiner Werkstatt öffnete. Ein halbes Dutzend großer, schwerer Tische war entlang der Wand so angebracht, daß sie fast aufrecht standen. Sie ähnelten den hölzernen Rahmen, die die Künstler am Hof benutzten, um ihre Werke zu halten, während sie malten. Auf allen Tischen waren Ledergeschirre und Gurte angebracht. Leder und Holz wiesen trockene, krustige Blutflekken auf. Zwei der Tische waren leer.

»Die meisten sogenannten Heiler verlassen sich auf Althergebrachtes ...«, sagte Kurd, »... die wenigen, die sich an neue Techniken heranwagen, machen das auf eine Weise, die an Glücksspiel grenzt, aus Verzweiflung und Unwissenheit. Wenn der Patient stirbt, ist es schwer, festzustellen, ob seine ursprüngliche Krankheit dafür verantwortlich war oder die neue Behandlung. Hier, unter kontrollierten Bedingungen, vermehre ich unser Wissen über den menschlichen Körper und dessen Gebrechen. Gib bitte acht, wohin du trittst ...«

In den Boden des Raumes waren Rinnen eingelassen, die an den Tischen entlang in einer flachen Grube am Ende der Werkstatt zusammenliefen. Als er darüberstieg, erkannte Zalbar, daß dieses Abflußsystem eingerichtet war, um vergossenes Blut abzuleiten. Er schauderte.

Auf dem ersten Tisch befand sich ein nackter Mann. Als er ihre Anwesenheit bemerkte, wand er sich in seinen Gurten. Ein Arm endete am Ellenbogen, und er schlug den Stumpf gegen die Tischplatte. Unverständliche Laute drangen aus seinem Mund, und Zalbar stellte angewidert fest, daß die Zunge des Mannes herausgeschnitten war.

»Hier«, Kurd wies auf eine klaffende Wunde in der Schulter des Mannes, »ist ein Beispiel meiner Studien.«

Der Mann hatte offensichtlich keine Kontrolle mehr über die Funktionen seines Körpers. Ausscheidungen klebten an den Beinen und am Tisch. Kurd achtete nicht darauf, er dirigierte Zalbar näher an den Tisch, während er mit seinen langen Fingern die Schulterwunde weiter auseinanderdehnte. »Ich habe eine Stelle im Körper entdeckt, die, wenn ich hier drücke ...«

Der Mann kreischte auf und stemmte sich gegen die Fesseln.

»Aufhören!« brüllte Zalbar. Seine vorgetäuschte Gleichgültigkeit war wie weggeblasen.

Es war unwahrscheinlich, daß Kurd ihn über die Schmerzensschreie seines Opfers hinweg hörte, aber er zog seinen blutigen Finger aus der Wunde, und der Mann sank auf den Tisch zurück.

»Nun, hast du gesehen?« fragte Kurd beflissen.

»Was gesehen?« Zalbar blinzelte, noch immer erschüttert über das Gesehene.

»Sein Armstumpf, Mann! Er hat sich nicht mehr bewegt! Drückt man auf diesen Punkt, oder wird er verletzt, macht das den Arm unbrauchbar. Hier, ich zeige es dir noch mal.«

»Nein!« beeilte sich der Höllenhund zu versichern. »Ich habe genug gesehen.«

»Dann erkennst du den Wert meiner Entdeckung?«

»Hmmm – woher beziehst du deine – Versuchsobjekte?« wich Zalbar aus.

»Von den Sklavenhändlern natürlich«, brummte Kurd mißmutig. »Die Brandzeichen sind deutlich zu sehen. Ich arbeite nur mit Sklaven – alles andere würde gegen das rankanische Gesetz verstoßen.«

»Und wie bekommst du sie auf die Tische? Selbst Sklaven, denke ich, würden eher um ihr Leben kämpfen, als sich deinen Messern auszuliefern.«

»Es gibt in der Stadt einen Kräuterhändler«, erklärte der bleiche Mann. »Er versorgt mich mit einem milden Trank, der sie bewußtlos macht. Wenn sie aufwachen, ist es für eine wirksame Gegenwehr zu spät.«

Zalbar setzte zu einer weiteren Frage an, aber Kurd hob abwehrend die Hand. »Du hast mir noch nicht gesagt, ob du den Wert meiner Arbeit erkennst?«

Der Höllenhund zwang sich, noch einmal durch den Raum zu blicken. »Ich sehe zwar, daß du wohl an die Wichtigkeit des Wissens, das du suchst, glaubst«, begann er vorsichtig, »aber ich bin noch immer überzeugt, daß es nicht zu rechtfertigen ist, deine Studien an Männern und Frauen durchzuführen.«

»Aber es ist legal!« verteidigte sich Kurd. »Was ich hier mache, verletzt kein rankanisches Gesetz.«

»Ranke hat viele Gesetze, das solltest du noch von

unserer letzten Begegnung wissen. Nur wenige leben innerhalb der Grenzen all dieser Gesetze, und es ist wohl eine Ermessensfrage, welche strikt eingehalten werden, und welche man übersieht. Ich sage dir, daß ich persönlich auf alles achten werde, was mir die Möglichkeit gibt, gegen dich vorzugehen. Es wäre für uns beide einfacher, du zögest fort – denn ich werde nicht rasten, solange du dich innerhalb meines Dienstbereiches befindest.«

»Ich bin ein gesetzestreuer Bürger«, erwiderte der Bleiche trotzig und richtete sich auf. »Ich lasse mich nicht vertreiben wie ein gemeiner Verbrecher.«

»Das sagtest du schon einmal.« Der Höllenhund lächelte, als er sich zum Gehen wandte. »Aber du bist nicht mehr in Ranke. Denk daran.«

»Das ist richtig«, rief Kurd ihm nach, »wir sind nicht mehr in Ranke. Denk selbst daran, Höllenhund.«

Vier Tage später hatte Zalbars Zuversicht jedoch gewaltig nachgelassen. Er beendete seine Nachtpatrouille durch die Stadt und ging die Hauptstraße hinunter zu den Landungsstegen. Er hatte es sich zur Gewohnheit gemacht, sich dort die Beine zu vertreten und in Ruhe seine Gedanken zu ordnen, ehe er in die belebte Kaserne zurückging. Obwohl im Labyrinth noch reges Treiben herrschte, war dieser Teil der Stadt schon lange zur Ruhe gekommen. So war es dem Höllenhund ein leichtes, seine Gedanken wandern zu lassen und langsam die im Schatten des Mondlichts liegende Straße hinunterzuschlendern.

Der Prinz hatte sein Anliegen abgelehnt und ihn darauf aufmerksam gemacht, daß es eine Zeitverschwendung sei, einen ehrenhaften Bürger zu belästigen, während Freistatt von einer Woge von Morden überschwemmt wurde. Zalbar hatte der Logik des Prinzen nichts entgegenzusetzen. Seit dieses neue Waffengeschäft im Labyrinth auftauchte, das neuartige, tödliche Magie anbot, wurde nicht nur mehr gemordet, die Verbrechen waren auch von scheußlicherer Natur als früher. Vielleicht würde dieser Wahnsinn jetzt nachlassen, da das Geschäft verschwunden war, aber in der Zwischenzeit konnte er es sich nicht leisten, Kurd mit dem Nachdruck zu verfolgen, der nötig wäre, um den Vivisektionisten aus der Stadt zu treiben.

Zalbar dachte kurz an Kurds leidenschaftliche Verteidigung seiner Arbeit, dann aber unterdrückte er diesen Gedankengang. Neue medizinische Erkenntnisse waren wichtig, aber schließlich waren Sklaven auch Menschen. Die planmäßige Folterung eines anderen menschlichen Wesens war ...

»Deckung!«

Zalbar lag schon flach am Boden, ehe sein Verstand den Ruf vollständig zur Kenntnis nahm. Rein automatisch – seine Reflexe gedrillt durch Jahre im Dienst des Kaiserreiches – kroch, rollte und robbte er durch den Dreck, auf der Suche nach Deckung, ohne sich die Zeit zu nehmen, die Herkunft des Warnrufes ausfindig zu machen. Zweimal, ehe er den Schatten einer Seitenstraße erreicht hatte, hörte er das Zischen und Aufschlagen von Pfeilen in seiner Nähe. Das bedeutete, daß er sich wirklich in Gefahr befand.

Schließlich zog er, im zweifelhaften Schutz der Seitengasse, langsam sein Schwert und suchte atemlos die Dächer nach dem Bogenschützen ab. Aus dem Augenwinkel nahm er eine Bewegung auf einem Dach auf der gegenüberliegenden Straßenseite wahr, die sich aber nicht wiederholte. Er bemühte sich, in der Dunkelheit etwas zu erkennen. Ein lautes Stöhnen endete in einem Husten, dann erklang die schlechte Nachahmung eines Nachtvogelschreis.

Er wußte, daß soeben jemand gestorben war, bewegte aber, wie eine jagende Katze, keinen Muskel. Wer war gestorben? Der Angreifer, oder derjenige, der ihn gewarnt hatte? Selbst wenn es der Bogenschütze war, konnte ein weiterer in der Nähe lauern.

Wie zur Antwort auf diese Fragen, löste sich eine Gestalt aus einem dunklen Torbogen und bewegte sich auf die Mitte der Straße zu. Sie hielt inne, stemmte die Hände in die Hüfte und rief in die Seitenstraße hinein, die Zalbar als Zuflucht diente.

»Die Luft ist rein, Höllenhund. Wir haben Euch vor Eurer eigenen Sorglosigkeit beschützt.«

Zalbar erhob sich und steckte sein Schwert weg. Noch ehe er angesprochen wurde, hatte er die dunkle Gestalt erkannt. Die blaue Falkenmaske und der Umhang konnten Größe und Hautfarbe seines Retters nicht verbergen und selbst dann wären dem Höllenhund die kraftvollen, geschmeidigen Bewegungen aufgefallen.

»Was ist das für eine Sorglosigkeit, Jubal?« fragte er, seinen Ärger unterdrückend.

»Ihr habt drei Nächte hintereinander diesen Weg genommen«, gab der Gladiator zurück. »Mehr braucht ein Meuchelmörder nicht zu wissen.«

Der schwarze Verbrecherkönig schien nicht überrascht oder verärgert darüber, daß seine Verkleidung durchschaut wurde. Jubal erweckte den Eindruck, daß er zufrieden mit sich selbst war, als er den Höllenhund neckte.

Zalbar wußte, daß Jubal recht hatte: Ob man nun seinen Dienst versah oder die Freizeit verbrachte, ein berechenbares Verhalten war geradezu eine Einladung für einen Hinterhalt. Die Peinlichkeit, das zugeben zu müssen, wurde ihm jedoch erspart, als der unsichtbare Retter vom Hausdach die Leiche des Angreifers auf die Straße fallen ließ. Die beiden Männer betrachteten ihn mit Verachtung.

»Glaubt nicht, daß ich Euer Eingreifen nicht zu schätzen weiß«, bemerkte der Höllenhund trocken, »aber ich hätte ihn lieber lebend gehabt. Ich wüßte gerne, wer sein Auftraggeber ist.«

»Das könnt Ihr von mir erfahren.« Die Gestalt mit der Falkenmaske lächelte grimmig. »Es ist Kurds Geld, das seinen Beutel füllt. Ich frage mich jedoch, warum er solchen Groll gegen Euch hegt.«

»Ihr wußtet das schon vorher?«

»Einer meiner Informanten hörte, wie er im Wilden Einhorn angeheuert wurde. Es ist schon sonderbar, daß Leute, die sonst so vorsichtig sind, vergessen, daß ein Mann ebensogut hören wie sprechen kann.«

»Warum habt Ihr mich nicht vorher warnen lassen?«

»Ich hatte keine Beweise.« Der Schwarze zuckte mit den Schultern. »Ich bezweifle, daß mein Zeuge bereit wäre, vor Gericht auszusagen. Außerdem stehe ich noch in Eurer Schuld, oder habt Ihr vergessen, daß Ihr mir einst beigestanden habt?«

»Ich habe es nicht vergessen, aber ich sagte Euch schon damals, daß ich nur meine Pflicht tat. Ihr wart mir nichts schuldig.«

»... und ich tat nur meine Pflicht als Bürger des rankanischen Reiches, als ich Euch heute nacht beistand.« Jubals Zähne blitzten im Mondlicht.

»Nun, was Eure Motive auch sein mochten, seid bedankt.« Jubal schwieg einen Augenblick. »Falls Ihr Eurer Dankbarkeit wirklich Ausdruck verleihen wollt«, sagte er schließlich, »so leistet mir Gesellschaft bei einem Glas Qualis. Es gibt da etwas, worüber ich mit Euch sprechen möchte.«

»Ich – ich fürchte, das geht nicht. Der Weg zu Eurem – Haus ist weit, und ich muß morgen früh wieder meinen Dienst tun.«

»Ich dachte an das Wilde Einhorn.«

»Das Wilde Einhorn?« stotterte Zalbar, vollkommen überrascht. »Wo mein Hinterhalt geplant wurde? Ich kann dort nicht hingehen.«

»Warum nicht?«

»Nun – schließlich bin ich ein Höllenhund. Wir beide hätten keinen Vorteil davon, wenn man uns zusammen in der Öffentlichkeit sähe.«

»Ihr werdet meine Maske und den Umhang tragen. Das verbirgt Euer Gesicht und verdeckt die Uniform. Man wird annehmen, ich tränke mit einem meiner Männer.«

Einen Augenblick lang zögerte Zalbar, dann aber fand er Gefallen an der Ungeheuerlichkeit, sich, den Höllenhund, in blauer Maske und Umhang vorzustellen. Er lachte laut. »Warum nicht?« stimmte er zu und nahm die Verkleidung entgegen. »Ich fragte mich schon immer, wie es da drinnen wohl aussieht.«

Zalbar war noch nie aufgefallen, wie hell Mondlicht sein konnte, bis er durch die Tür zum Wilden Einhorn getreten war. Nur wenige kleine Öllampen schimmerten schwach, und dieses Licht war noch gegen die Wand abgeschirmt, dadurch lag der Großteil des Raumes in tiefstem Dunkel. An den Tischen sah er Gestalten hocken, als er Jubal in den Hauptraum folgte, konnte aber keine Gesichtszüge ausmachen.

Einer jedoch war da, dessen Gesicht er nicht zu sehen brauchte. Die hagere Gestalt, die über dem Tisch in der Mitte zusammengesunken saß, gehörte

Hakiem, dem Geschichtenerzähler. Vor ihm stand, scheinbar vergessen, ein kleiner Becher Wein. Der Reimeschmied schien zu dösen. Zalbar hegte eine heimliche Vorliebe für den Alten und wollte leise an seinem Tisch vorbeigehen, aber Jubal, dem der Blick des Höllenhundes nicht entgangen war, zwinkerte mit einem Auge. Der Sklavenhändler zog eine Münze aus seinem Schwertgurt und ließ sie in einem Bogen auf den Tisch des Geschichtenerzählers zufliegen.

Hakiems Hand machte eine blitzartige Bewegung, und die Münze verschwand aus der Luft. Der schläfrige Eindruck, den er erweckte, blieb unverändert.

»Das ist Bezahlung genug für hundert Geschichten«, brummte Jubal leise, »aber erzähle sie anderswo – und über jemand anderen.«

Ruhig und würdevoll erhob sich der Geschichtenerzähler, bedachte beide mit einem vernichtenden Blick, und schritt majestätisch davon. Sein Becher Wein war ebenfalls verschwunden.

In dem kurzen Moment, als ihre Blicke sich getroffen hatten, fühlte Zalbar wohl, daß der alte Mann ihn mit scharfer Intelligenz hinter Maske und Umhang erkannt hatte. Er änderte rasch seine Meinung über den hageren Geschichtenerzähler, und Jubals Beschreibung seines Informanten, in dessen Gegenwart die Leute vergaßen, daß ein Mann ebensogut hört wie redet, fiel ihm wieder ein. Und nun wußte Zalbar, wer sein wahrer Lebensretter war.

Der Sklavenhändler ließ sich an dem nun leeren Tisch nieder, und augenblicklich, ohne daß er bestellen mußte, erhielt er zwei Kelche mit teurem Qualis. Zalbar nahm an seiner Seite Platz und stellte fest, daß man von diesem Tisch freien Blick auf alle Ein- und Ausgänge der Schenke hatte, worauf er Hakiem noch höher achtete.

»Ich vergaß vorzuschlagen, Euren Mann auf dem

Dach mit einzuladen«, bemerkte Zalbar. »Ich schulde ihm Dank.«

»Der Mann ist eine Frau, Moria; sie arbeitet in der Dunkelheit besser als ich – selbst ohne die Vorteile einer dunklen Hautfarbe.«

»Nun, trotzdem möchte ich ihr danken.«

»Davon rate ich ab.« Der Sklavenhändler grinste. »Sie haßt Rankanier, und Höllenhunde insbesondere. Sie griff nur auf meinen Befehl ein.«

»Das erinnert mich an einige Fragen.« Zalbar setzte seinen Becher ab. »Warum wart Ihr heute nacht auf meiner Seite? Und woher kennt Ihr den Warnruf der Armee vor Bogenschützen?«

»Alles zu seiner Zeit. Erst müßt Ihr mir eine Frage beantworten. Es ist nicht meine Art, Informationen umsonst weiterzugeben, und da ich Euch den Namen Eures Feindes genannt habe, sagt Ihr mir nun, aus welchem Grund Kurd einen Hinterhalt für Euch plante.« Nachdem er bedächtig einen Schluck genommen hatte, erklärte Zalbar die Lage zwischen ihm und Kurd. Nach einer Weile wurde ihm klar, daß er mehr erzählte, als nötig gewesen wäre, und er wunderte sich, warum er Jubal auch seinen Ärger und die Bitterkeit enthüllte, die er selbst vor seiner eigenen Truppe verheimlicht hatte. Vielleicht sah er in Jubal, im Gegensatz zu seinen Kameraden, die er respektierte, einen Mann, der so verdorben war, daß ihm seine eigenen, finstersten Gedanken und Zweifel im Vergleich dazu gewöhnlich und banal erschienen. Jubal hörte schweigend zu, bis der Höllenhund fertig war, dann nickte er langsam. »Ja, das ergibt einen Sinn«, murmelte er.

»Die Ironie ist, daß ich zum Zeitpunkt des Angriffs Befehl hatte, gegen Kurd nichts zu unternehmen. So war der Hinterhalt, vorerst zumindest, unnötig. Meine Befehle lauten, Kurd in Ruhe zu lassen.«

Statt zu lachen, betrachtete Jubal sein Gegenüber eindringlich. »Seltsam, daß Ihr das sagt.« Er wählte seine Worte sorgfältig. »Auch ich habe ein Problem, gegen das ich derzeit nichts unternehmen kann. Vielleicht können wir uns gegenseitig helfen.«

»Wolltet Ihr darüber mit mir sprechen?« fragte Zalbar, der plötzlich mißtrauisch geworden war.

»So in etwa. Die Ausgangsposition ist nun günstiger. Jetzt kann ich Euch für den Gefallen, um den ich Euch bitten werde, etwas bieten, das Ihr haben wollt. Wenn Ihr Euch mit meinem Problem befaßt, sorge ich dafür, daß Kurd seine Arbeit einstellt.«

»Vermutlich ist Euer Anliegen ungesetzlich. Falls Ihr wirklich glaubt ...«

»Es ist nicht ungesetzlich!« gab Jubal giftig zurück. »Um das Gesetz zu brechen, brauche ich Eure Hilfe nicht. Das ist einfach genug, trotz Eurer sogenannten Elitetruppe. Nein, Höllenhund, ich muß Euch bestechen, Eure Arbeit zu tun – das Gesetz durchzusetzen.«

»Jeder Bürger kann sich an jeden Höllenhund wenden, wenn er Hilfe braucht.« Zalbar fühlte, wie er zornig wurde. »Falls es tatsächlich innerhalb der Grenzen des Gesetzes ist, braucht Ihr nicht ...«

»Gut!« unterbrach ihn der Sklavenhändler. »Dann bitte ich Euch, als Bürger des rankanischen Reiches eine Mordserie zu untersuchen und zu beenden – jemand mordet meine Leute; jagt meine Blaumasken durch die Straßen, als wären sie räudige Tiere.«

»Ich – ich sehe.«

»Und ich sehe, daß es Euch nicht überrascht«, knurrte Jubal. »Nun, Höllenhund, tut Eure Pflicht. Ich will keine falsche Vorstellung von meinen Leuten erwecken, aber sie werden ohne Verhandlung hingerichtet. Das ist Mord. Oder zögert Ihr, weil einer der Euren der Mörder ist?«

Zalbars Kopf fuhr hoch, und sein starrer Blick traf Jubals humorloses Lächeln.

»Ja, es ist richtig«, fuhr der Schwarze fort, »ich kenne den Mörder. Das ist kein Kunststück. Tempus prahlt offen genug damit.«

»Eigentlich«, meinte Zalbar, »wunderte ich mich ohnehin schon, warum Ihr die Sache nicht selbst in die Hand nahmt. Ihr wußtet doch, daß er es war. Soviel ich weiß, töten sonst die Falkenmasken solche Übeltäter bereits, wenn ihre Schuld nicht so eindeutig erwiesen ist.«

Nun war es an Jubal, unbehaglich den Blick zu senken. »Wir haben es versucht«, gab er zu. »Es hat den Anschein, daß Tempus außerordentlich schwer kleinzukriegen ist. Ein paar meiner Männer verwendeten, entgegen meinen Anweisungen, magische Waffen, doch alles, was dabei herauskam, waren vier weitere blutige Masken, die auf sein Konto gingen.«

Der Höllenhund bemerkte die Verzweiflung, die hinter dem Bekenntnis des Sklavenhändlers steckte.

»Ich kann es mir nicht leisten, daß er weiterhin seinem Sport nachgeht, aber der Preis dafür, ihn aufzuhalten, ist ungeheuer hoch. Ich sehe mich gezwungen, Euch um Euer Eingreifen zu bitten. Mehr noch als die anderen verrichtet Ihr Eure Arbeit strikt nach den Regeln des Gesetzes. Sagt, gibt es nicht gleiches Recht für alle?«

Ein Dutzend Erklärungen fielen Zalbar ein, aber eine kalte Welle des Zorns schwemmte sie fort. »Ihr habt recht, obwohl ich es mir nie hätte träumen lassen, daß Ihr mich an meine Pflichten erinnern müßtet. Ein Mörder in Uniform ist und bleibt ein Mörder, und er sollte für seine Verbrechen zahlen – für alle. Wenn Tempus der Mörder ist, werde ich mich persönlich darum kümmern, daß er seine Strafe erhält.«

»Sehr gut.« Jubal nickte. »Auch ich werde meinen

Teil des Handels erfüllen – Kurd wird nicht länger in Freistatt arbeiten.«

Zalbar setzte an, Einspruch zu erheben. Die Versuchung war fast zu groß – wenn nun Jubal seine Versprechen wahrmachen konnte – aber nein. »Ich muß darauf bestehen, daß Eure Vorgehensweise innerhalb der Grenzen der Gesetze bleibt«, murmelte er widerwillig. »Ich kann Euch nicht darum bitten, etwas Verbotenes zu tun.«

»Es ist nicht nur legal, es ist bereits geschehen! Kurd kann einpacken.«

»Was meint Ihr damit?«

»Ohne Sklaven kann Kurd nicht arbeiten.« Der Sklavenhändler lächelte. »Und ich bin – oder war – sein Lieferant. Ich habe nicht nur alle Lieferungen an ihn gestoppt, ich werde auch die anderen Sklavenhändler wissen lassen, daß, falls sie ihn beliefern sollten, ich ihre Preise auf dem Markt unterbieten und auch sie aus der Stadt vertreiben werde.«

Auch Zalbar lächelte widerwillig hinter der Maske. »Ihr wußtet, was er mit den Sklaven tat, und trotzdem triebt Ihr mit ihm Handel?«

»Sklaven zu töten, um neue Erkenntnisse zu erlangen, ist auch nicht schlimmer, als sie in die Arena zu schicken, wo sie sich zur Unterhaltung anderer gegenseitig abschlachten. Beides sind unangenehme Wahrheiten in unserer Welt.«

Zalbar schmerzte der Sarkasmus in Jubals Stimme; er war jedoch nicht gewillt, seinen Standpunkt aufzugeben.

»Wir haben verschiedene Meinungen über das Kämpfen. Ihr wurdet in der Arena als Gladiator dazu gezwungen, ich meldete mich freiwillig zur Armee. Dennoch teilen wir eine gemeinsame Erfahrung: So schlimm es auch stand, wir hatten eine Chance. Wir konnten uns wehren und überleben – oder wenigstens unsere Feinde mit in den Tod nehmen, falls wir fallen sollten. Festgeschnürt zu sein, wie ein Opfertier, hilflos zusehen zu müssen, wie das Messer des Feindes – nein, des Schlächters – wieder und wieder auf dich herabstößt ... Kein freier Mensch und auch kein Sklave sollte ein solches Schicksal erfahren. Ich kann mir nicht vorstellen, einen Feind so sehr zu hassen, daß ich ihn so einem Schicksal überließe.«

»Mir fielen da schon ein paar ein«, murmelte Jubal, »aber ich habe auch niemals Eure Ideale geteilt. Obwohl wir beide an Gerechtigkeit glauben, suchen wir sie auf verschiedenen Wegen.«

»Gerechtigkeit?« höhnte der Höllenhund. »Das ist das zweite Mal, daß Ihr heute abend dieses Wort gebraucht. Ich muß zugeben, es klingt merkwürdig aus Eurem Mund.«

»Wirklich?« fragte der Sklavenhändler. »Ich habe meine Leute oder jene, mit denen ich Geschäfte machte, immer fair behandelt. Wir wissen beide, daß die Welt bestechlich ist, Höllenhund. Der Unterschied ist, daß ich, im Gegensatz zu Euch, nicht versuche, die Welt zu beschützen – ich habe genug damit zu tun, mich selbst und die Meinen zu schützen.«

Zalbar setzte seinen halbvollen Becher ab. »Ihr findet Maske und Mantel draußen«, sagte er. »Ich fürchte, der Unterschied zwischen uns ist zu groß, als daß wir Freude am gemeinsamen Trinken finden könnten.«

Die Augen des Sklavenhändlers blitzten verärgert. »Aber Ihr werdet Nachforschungen anstellen über die Morde?«

»Das werde ich«, versprach der Höllenhund. »Und als der beschwerdeführende Bürger werdet Ihr über die Ergebnisse meiner Ermittlungen informiert.«

Tempus arbeitete an seinem Schwert, als er Zalbar und Razkuli auf sich zukommen sah. Sie wollten ihn lieber hier treffen, in der Kaserne, als an seinem Lieblingsort, dem Liliengarten. Trotz allem, was geschehen war und noch geschehen mochte, gehörten sie alle der Armee an, und was gesagt werden mußte, war nicht unbedingt für die Ohren von Zivilisten bestimmt.

Tempus bedachte sie mit einem verdrießlichen Blick und schenkte seine ganze Aufmerksamkeit weiterhin der Arbeit. Das war eine offene Beleidigung, denn er war lediglich damit beschäftigt, einige Sägezähne in eine der Schneiden seines Schwertes zu feilen, eine Arbeit, die er ohne weiteres hätte unterbrechen können, um mit dem Hauptmann der Höllenhunde zu reden.

»Ich habe mit dir zu reden, Tempus«, sprach Zalbar ihn an und schluckte seinen Ärger herunter.

»Dazu bist du berechtigt«, erwiderte Tempus, ohne aufzublicken.

Razkuli wollte aufbrausen, aber ein Blick seines Freundes hielt ihn zurück.

»Mir wurde eine Beschwerde über dich gemeldet«, fuhr Zalbar fort. »Eine von zahlreichen Zeugen bestätigte Beschwerde. Ich hielt es für richtig, deine Version der Geschichte zu hören, ehe ich sie Kadakithis vortrage.«

Als der Name des Prinzen fiel, blickte Tempus auf und hielt mit dem Feilen inne. »Welcher Art ist die Beschwerde?« fragte er düster.

»Man sagt, du mordest mutwillig außerhalb deiner Dienstzeit.«

»Ach das. Das ist nicht mutwillig. Ich jage nur Falkenmasken.«

Zalbar war auf viele mögliche Erwiderungen gefaßt gewesen: Leugnen, ein Fluchtversuch, die Frage nach Beweisen oder den Zeugen. Diese einfache Bestätigung jedoch brachte ihn aus dem Gleichgewicht. »Du – du gibst deine Schuld zu?« stieß er schließlich hervor, die Überraschung raubte ihm seine Gelassenheit.

»Aber ja. Ich wundere mich nur, daß sich jemand beschwert. Keiner sollte diesen Mördern nachtrauern – am wenigsten du.«

»Natürlich hege ich keine Liebe für Jubal und seine angeheuerten Schwertkämpfer«, gab Zalbar zu, »aber es gilt nach wie vor, den Weg des Gesetzes einzuhalten. Wenn du sie ihrer gerechten Strafe zuführen willst, solltest du ...«

»Gerecht!« Tempus lachte. »Gerechtigkeit hat damit nichts zu tun.«

»Warum jagst du sie dann?«

»Um in Übung zu bleiben«, erklärte Tempus und blickte wieder auf seine Waffe. »Eine Schwerthand, die ohne Übung ist, wird langsam. Das kann ich mir nicht leisten, und Jubals Schwertkämpfer sind wahrscheinlich die besten der Stadt – was allerdings jene betrifft, denen ich begegnet bin, fürchte ich, daß er hereingelegt wurde.«

»Das ist alles?« platzte Razkuli heraus, unfähig, sich länger zurückzuhalten. »Mehr Gründe brauchst du nicht, um deine Uniform zu entehren?«

Zalbar hob warnend die Hand, aber Tempus lachte nur.

»So ist es recht, Zalbar, nimm deinen Hund lieber an die Leine. Wenn du ihm das Kläffen nicht abgewöhnen kannst, tue ich es für dich.«

Einen Augenblick lang glaubte Zalbar, er müsse seinen Freund zurückhalten, aber Razkuli war bereits über den Punkt unkontrollierbarer Wut hinaus. Der dunkle Höllenhund starrte auf Tempus mit einem tiefen Haß, der weder durch Drohungen noch vernünftige Erklärungen beschwichtigt werden konnte. Mit seiner eigenen Wut ringend, wandte sich Zalbar schließlich an Tempus.

»Wirst du auch so überheblich sein, wenn du dein Vorgehen dem Prinzen erklären mußt?« verlangte er zu wissen.

»Das werde ich nicht tun müssen.« Tempus grinste wieder. »Kittycat wird von mir keine Rechenschaft fordern. Der Erfolg war dir sicher in der Sache mit der Straße der Roten Laternen, aber da hatte der Prinz meine Position hier noch nicht völlig begriffen. Er nähme diese Entscheidung sogar zurück, wenn er nicht öffentlich dafür eingetreten wäre.«

Zalbar erstarrte vor Ärger und hilflosem Zorn, als er die Wahrheit in Tempus' Worten erkannte. »Und welche Position hast du hier inne?«

»Mußt du das fragen?« lachte Tempus. »Ich kann es dir nicht erklären. Aber es sollte dir klar sein, daß du beim Prinzen kein offenes Ohr findest. Erspar dir eine Menge Ärger, und erkenne mich an als jemanden, der außerhalb der richterlichen Gewalt steht.« Er erhob sich, steckte sein Schwert in die Scheide und wollte gehen, aber Zalbar stellte sich ihm in den Weg.

»Vielleicht hast du recht. Du magst in der Tat über dem Gesetz stehen, aber wenn es einen Gott gibt – irgendeinen Gott – der über uns wacht, dann währt es nicht mehr lange, und dein Schwert wird sein Ziel verfehlen, und wir sind dich los. Gerechtigkeit ist ein natürlicher Vorgang. Sie kann nicht ewig von den Launen eines Prinzen abhängig sein.«

»Ruf nicht die Götter an, wenn du nicht bereit bist, ihre Einmischungen anzuerkennen.« Tempus verzog das Gesicht. »Du tätest gut daran, diese Warnung ernst zu nehmen. Ich weiß, wovon ich spreche.«

Ehe Zalbar reagieren konnte, griff Razkuli an, sein schmaler Dolch schoß auf Tempus' Kehle zu. Der

Hauptmann der Höllenhunde hatte keine Gelegenheit mehr einzugreifen, weder mit Worten noch durch eine schnelle Reaktion. Aber Tempus brauchte auch keine Hilfe von außerhalb.

Er hob ruhig die linke Hand vor die Spitze des heranschnellenden Dolches, und die Handfläche fing die volle Wucht von Razkulis Rache auf. Die Klinge durchbohrte seine Hand, und Blut spritzte, aber Tempus schien davon keine Notiz zu nehmen. Eine rasche Drehung mit der verwundeten Hand brachte ihn in den Besitz des Dolches. Dann umschloß Tempus' Rechte den Hals des völlig überraschten Angreifers wie ein Schraubstock. Razkuli wurde in die Luft gehoben und gegen die Wand geschlagen. Tempus drückte ihn dagegen, daß die Zehen kaum den Boden berührten.

»Tempus!« brüllte Zalbar. Die Gefahr, in der sich sein Freund befand, schreckte ihn aus der momentanen Lähmung, die ihn durch diesen blitzartigen Schlagabtausch befallen hatte.

»Keine Sorge, Hauptmann«, erwiderte Tempus ruhig. »Wärst du so freundlich?«

Er hielt Zalbar die blutige Hand entgegen, und der Höllenhund zog behutsam den Dolch aus der gräßlichen Wunde. Als er die Klinge entfernt hatte, wurde aus dem Sickern ein steter Blutstrom. Tempus betrachtete die scharlachrote Fontäne mit Widerwillen, dann hielt er die Hand vor Razkulis Gesicht.

»Leck es ab, Hund!« befahl er. »Leck es sauber, und sei froh, daß ich dich nicht auch den Boden auflecken lasse!«

Hilflos und um jeden Atemzug ringend, zögerte der Festgehaltene nur einen Moment, ehe er den kraftlosen Versuch machte, dem Befehl nachzukommen. Ungeduldig schmierte Tempus die blutige

Hand über Razkulis Gesicht und Mund, dann betrachtete er erneut die Wunde.

Zalbar sah entsetzt zu, wie der Blutstrom verebbte, von einem leichten Tropfen bis zum Gerinnen – und das alles innerhalb weniger Sekunden.

Offensichtlich zufrieden mit dem Heilungsprozeß richtete Tempus seine dunklen Augen auf den Hauptmann. »Jeder Hund darf einmal beißen – aber wenn mir dein Schoßtier das nächste Mal über den Weg läuft, mache ich ihn nieder, und weder du noch der Prinz, wird in der Lage sein, mich davon abzuhalten.«

Dann zog er Razkuli mit einem Ruck von der Wand und schleuderte ihn Zalbar vor die Füße. Ohne einen Blick zurück auf die wegen seiner Brutalität völlig bewegungslos verharrenden Höllenhunde zu werfen, verließ er den Raum.

Der plötzliche, heftige Schlagabtausch hatte sogar Zalbars Schlachtfeldreflexe erstarren lassen. Als Tempus gegangen war, kam jedoch wieder Bewegung in seinen Körper, als wäre ein Bann von ihm genommen. Er kniete neben seinem Freund nieder und half ihm in eine sitzende Position, um ihm das Atmen zu erleichtern.

»Sprich nicht«, riet er ihm und wollte das Blut aus dem Gesicht wischen, aber Razkuli riß seinen Kopf zur Seite und verweigerte Hilfe und Rat.

Der kleinwüchsigere Höllenhund sammelte seine Beine unter sich zusammen und taumelte hoch, er mußte jedoch an der Wand Halt suchen. Einige Momente sank sein Kopf auf die Brust, und er atmete in langen, ruckartigen Zügen, dann blickte er auf, um Zalbar anzusehen.

»Ich muß ihn töten. Ich kann nicht – in derselben Welt leben und dieselbe Luft atmen wie er und mich nach dieser Erniedrigung noch einen Mann nennen.«

Razkuli wankte wieder einige Herzschläge lang als hätte ihn das Sprechen all seine Kraft gekostet, dann sank er langsam auf eine Bank und lehnte den Rükken gegen die Wand.

»Ich muß ihn töten«, wiederholte er mit fester werdender Stimme. »Auch wenn ich gegen dich kämpfen muß.«

»Du wirst nicht gegen mich kämpfen müssen, mein Freund«, Zalbar setzte sich neben ihn. »Sieh in mir einen Partner. Tempus muß ausgeschaltet werden, und ich fürchte, keiner von uns wird es alleine schaffen. Vielleicht reichen sogar wir beide nicht aus.«

Der dunkle Höllenhund nickte zustimmend. »Vielleicht brauchen wir eine dieser höllischen Waffen, die im Labyrinth soviel angerichtet haben?« schlug er vor.

»Da geh ich lieber mit einer Viper ins Bett. Den Berichten nach, die mir zugetragen wurden, richten sie bei dem, der sie anwendet, mehr Schaden an als bei den Opfern. Nein, ich habe einen anderen Plan.«

Die leuchtend bunten Blumen wiegten sich fröhlich im Wind, als Zalbar sein Mahl beendete. Heute bewachte Razkuli nicht seinen Rücken; er ruhte sich in der Kaserne verdientermaßen von einer anstrengenden Nacht aus. Obwohl Zalbar ebenso müde war wie sein Freund, ließ er sich diese letzte Freude nicht nehmen, ehe er sich zurückzog.

»Ihr habt nach mir geschickt, Höllenhund?«

Zalbar mußte sich nicht umsehen, um zu wissen, wer der Sprecher war. Er hatte ihn bereits aus den Augenwinkeln beobachtet, als er sich näherte.

»Setzt Euch, Jubal«, wies er ihn an. »Ich dachte mir, Ihr würdet gerne die Ergebnisse meiner Nachforschungen erfahren.«

»Das wird auch langsam Zeit – ich begann schon, Eure ehrliche Absicht in Frage zu stellen. Nun sagt mir, warum konntet Ihr den Mörder nicht finden?«

Der Höllenhund überhörte den Hohn in Jubals Stimme. »Tempus ist der Mörder, wie Ihr schon sagtet«, antwortete er beiläufig.

»Es stimmt also? Wann steht er vor Gericht?«

Ehe Zalbar antworten konnte, zerriß ein grauenvoller Schrei die Stille des Nachmittags. Der Höllenhund regte sich nicht, aber Jubal fuhr herum. »Was war das?« verlangte er zu wissen.

»Das«, erklärte Zalbar, »ist das Geräusch, das ein Mensch hervorbringt, wenn Kurd nach Wissen forscht.«

»Aber, ich dachte – ich schwöre Euch, damit habe ich nichts zu tun!«

»Macht Euch darüber keine Sorgen, Jubal.« Der Höllenhund lächelte und wartete, bis sich der Sklavenhändler wieder gesetzt hatte. »Ihr fragtet nach Tempus' Verhandlung?«

»Richtig«, stimmte der schwarze Mann zu, obwohl er sichtlich aus der Ruhe gebracht war.

»Es wird keinen Prozeß geben.«

»Deswegen?« Jubal wies auf das Haus. »Ich kann dem Einhalt gebieten ...«

»Wollt Ihr ruhig sein und zuhören! Tempus wird niemals vor Gericht erscheinen, weil der Prinz ihn beschützt. Deshalb hatte ich, ehe Ihr Euch beschwert habt, keine Nachforschungen angestellt.«

»Kaiserlicher Schutz!« fauchte der Sklavenhändler. »Also hindert ihn nichts daran, weiterhin meine Leute zu jagen?«

»Nicht ganz.« Zalbar leistete sich ein verschmitztes Gähnen.

»Aber Ihr sagtet ...«

»Ich sagte, ich würde mich darum kümmern, und

das habe ich auch getan. Tempus wird sich heute nicht zum Dienst melden – und auch in Zukunft nicht.«

Jubal wollte etwas fragen, aber ein weiterer Schrei ließ die Worte untergehen. Er fuhr hoch und starrte auf Kurds Haus. »Ich werde herausfinden, wo dieser Sklave herkommt, und wenn ich es weiß …«

»Er ist von mir, und wenn Ihr Wert auf das Wohlbefinden Eurer Leute legt, dann solltet Ihr nicht darauf bestehen, ihn zu befreien.«

Der Sklavenhändler blickte mit weit geöffneten Augen auf den sitzenden Höllenhund. Der Mund stand ihm vor Verwunderung offen. »Ihr meint …«

»Tempus«, Zalbar nickte. »Kurd erzählte mir von dem Pulver, das er verwendete, um seine Sklaven gefügig zu machen, also kaufte ich welches von Stulwig und gab es in das *Krrf* meines Kameraden. Er wachte beinahe auf, als wir ihn knebelten – aber Kurd nahm mein kleines Friedensangebot gerne, ohne Fragen zu stellen, entgegen. Wir haben ihm sogar die Zunge herausgeschnitten, als weiteren Freundschaftsbeweis.«

Ein weiterer Schrei ertönte – ein langes, tierisches Stöhnen, die beiden Männer lauschten, bis es langsam verklang.

»Eine bessere Rache könnte ich mir nicht vorstellen«, sagte Jubal schließlich und streckte Zalbar eine Hand entgegen. »Es wird ein langsamer Tod.«

»Wenn er überhaupt stirbt«, gab Zalbar zu bedenken und schüttelte die Hand des anderen. »Er heilt sehr schnell, wißt Ihr.«

Damit ging ein jeder seines Weges, ohne den Schreien, die aus Kurds Haus drangen, Beachtung zu schenken.

Westerly

Die Suche nach Satan

Vonda N. McIntyre

Der Tag ging zu Ende, als die vier Reisenden aus den Bergen hungrig, durchgefroren und müde in Freistatt ankamen.

Die Bewohner der Stadt musterten sie und lachten, aber sie lachten hinter vorgehaltener Hand oder nachdem die kleine Gruppe vorbeigegangen war. Jeder der vier trug Waffen, sie wirkten jedoch nicht kriegerisch. Verwundert blickten sie sich um, stubsten sich gegenseitig an, und deuteten mit den Fingern, als hätten sie noch nie eine Stadt gesehen. Und das war auch tatsächlich so.

Ohne sich der Belustigung, die sie bei den Leuten auslösten, bewußt zu sein, schritten sie über den Marktplatz in Richtung Stadtmitte. Es dämmerte. Die Bauern klaubten ihre Ware zusammen und holten an ihren Ständen den Sonnenschutz ein. Welke Kohlblätter und faulende Früchte verdreckten das grobe Kopfsteinpflaster. Was in dem offenen Kanal trieb, hatte Form und Farbe bereits verloren.

Chan rückte die schwere Last auf seinem Rücken zurecht und sagte zu Wess, die an seiner Seite ging: »Laß uns stehen bleiben und etwas zu essen kaufen, ehe hier alle heimgehen.«

Wess verlagerte ihr eigenes Bündel ein wenig, ging aber weiter. »Nicht hier«, antwortete sie. »Ich habe die altbackenen Brotfladen und das rohe Gemüse satt. Heute möchte ich etwas Warmes essen.«

Sie stapfte weiter. Sie wußte, wie Chan sich fühlte. Ihr Blick fiel auf Aerie, deren äußerst dünne hohe

Gestalt – sie war so groß wie Chan – in einen dunklen, langen Mantel gehüllt war. Das Gewicht ihrer Trage ließ sie nach vorne gebeugt gehen. Ihr Gesicht war gezeichnet vom Kummer und der anstrengenden Reise. Wess kannte eine freiere Aerie.

»Du bist unermüdlich, Wess«, sagte Chan.

»Ich bin auch erschöpft«, gab sie zurück. »Möchtest du vielleicht wieder versuchen, auf der Straße zu übernachten?«

»Nein«, war die Antwort. Hinter ihnen kicherte Quartz.

In dem ersten Dorf, das sie jemals gesehen hatten – es schien ihnen, als läge das Jahre zurück, aber es waren erst zwei Monate seither vergangen –, machten sie sich auf einem, wie es ihnen schien, freien Feld für die Nacht bereit. Es war jedoch der Marktplatz. Sie wären gewiß im Gefängnis gelandet, hätte es im Dorf eins gegeben. Ein anderer Reisender machte ihnen klar, was Gasthöfe – und Gefängnisse – waren, und nun lachten alle ein wenig beschämt über diesen Vorfall.

Aber all die Ortschaften, durch die sie gezogen waren, hatten nicht annähernd die Größe von Freistatt gehabt, hier lebten anscheinend viel mehr Menschen, und es ging wesentlich lauter zu. Wess konnte kaum glauben, daß Häuser so hoch und Gestank so widerwärtig sein konnte. Sie hoffte, die Luft würde wieder besser, sobald der Marktplatz hinter ihnen lag. Als sie an einem Fischstand vorbeikamen, hielt sie den Atem an und beschleunigte ihre Schritte. Wess bedachte, daß die Ware am Ende des Tages nicht so frisch sein konnte wie am Morgen, dies aber war der Abend eines kühlen Herbsttages. Sie fragte sich, wie es hier wohl nach einem heißen Sommertag riechen mochte.

»Wir sollten in der ersten Herberge, die wir finden, einkehren«, schlug Quartz vor.

»In Ordnung«, erwiderte Wess.

Als sie das Ende der Straße erreichten, war es vollständig dunkel und der Marktplatz leer. Wess staunte, wie schnell alle verschwunden waren, wahrscheinlich waren auch die Händler müde und eilten nach Hause an ein warmes Feuer, zu einem guten Essen. Plötzlich verspürte sie Heimweh und fühlte sich ein wenig verloren. Ihre Suche dauerte nun schon so lange, und die Aussicht auf Erfolg schien sehr gering.

Die Gebäude standen jetzt dichter um sie, als die Straße unversehens schmaler wurde. Wess hielt an. Der Weg verzweigte sich vor ihnen in drei verschiedene Richtungen, und einer teilte sich erneut, nur etwa zwanzig Schritte weiter.

»Wohin nun, Freunde?«

»Wir müssen jemanden fragen«, schlug Aerie vor. Ihre Stimme klang müde.

»Falls wir jemanden finden«, gab Chan zu bedenken.

Aerie schritt auf eine finstere Ecke zu.

»Bürger«, sprach sie, »wollt Ihr uns den Weg zur nächsten Herberge weisen?«

Die anderen starrten angestrengt in die düstere Nische. Tatsächlich kauerte dort eine vermummte Gestalt. Sie erhob sich. Wess fiel der irre Glanz in den Augen auf, sonst erkannte sie fast nichts.

»Eine Herberge?«

»Die nächste hier. Wir haben einen langen Weg hinter uns.«

Die Gestalt kicherte. »Ihr findet in diesem Teil der Stadt gewiß kein solches Haus. Aber die Schenke ums Eck hat Zimmer im ersten Stock. Vielleicht ist das für Euch das Richtige.«

»Habt Dank.« Aerie wandte sich ab, eine leichte Brise fuhr durch ihr kurzes, schwarzes Haar. Sie zog den Mantel enger um sich. Sie gingen in die Richtung, die ihnen die Gestalt gewiesen hatte und sahen nicht, wie diese sich vor stillem Gelächter bog.

Vor der Schenke entzifferte Wess die ungewohnten Schriftzeichen: *Zum Wilden Einhorn.* Ein seltsamer Name, selbst im Süden, wo alle Schenken merkwürdige Namen trugen. Sie öffnete die Tür. In der Wirtsstube war es fast so dunkel wie draußen und rauchiger. Es wurde still, als Wess und Chan eintraten – dann erhob sich ein erstauntes Murmeln, als Aerie und Quartz folgten.

Wess und Chan unterschieden sich kaum von den Bewohnern der südlichen Berge, seine Haut war ein wenig heller, ihre etwas dunkler. Wess fiel unter den Bewohnern der verschiedenen Ortschaften nicht auf, wohingegen Chan, seiner Schönheit wegen, oft bestaunt wurde. Aeries hochgewachsener, eleganter Körper, ihre weiße Haut und die schwarzen Haare erregten jedoch stets Aufsehen. Wess lächelte; sie stellte sich vor, was wohl geschähe, nähme Aerie ihren Mantel ab und zeigte sich, wie sie wirklich war.

Und Quartz: Sie mußte sich bücken, um in den Raum zu gelangen. Sie überragte jeden in der Schenke. Der Qualm unter der Decke bildete einen Kranz um ihr Haar. Sie hatte es vor Antritt der Reise geschnitten, nun fiel es in Löckchen um ihr Gesicht, rot, gold und sandig bleich. Ihre silbergrauen Augen spiegelten den Schein des Feuers wider. Ohne die Blicke, die ihr galten, zu beachten, nahm sie ihren blauen Wollmantel ab und ließ ihr Gepäck zu Boden gleiten.

Der Duft von gebratenem Fleisch und gezapftem Bier hing in der Luft. Wess rann das Wasser im Mund zusammen. Sie wandte sich an den Wirt.

»Bürger«, sagte sie, wobei sie sich bemühte, die Sprache Freistatts, die auch die Handelssprache des gesamten Kontinents war, so genau wie möglich zu artikulieren. »Seid Ihr der Besitzer der Schenke? Meine Freunde und ich brauchen einen Raum für die Nacht und ein Mahl.«

Ihr Anliegen schien ihr nicht ungewöhnlich, der Wirt aber sah einen seiner Kunden an, und beide lachten lauthals.

»Ein Zimmer, junger Herr?« Er kam hinter dem Schanktisch hervor. Anstatt Wess zu antworten, wandte er sich an Chan. Wess lächelte. Wie alle Freunde Chans war sie daran gewöhnt, daß sich die Leute auf den ersten Blick in ihn verliebten. Mir wäre es nicht anders ergangen, dachte sie, hätten wir uns erst als Erwachsene kennengelernt. Aber sie waren zusammen aufgewachsen, und die Freundschaft, die sie verband, war tiefer als bloßes Verlangen.

»Ein Zimmer?« wiederholte der Wirt. »Ein Mahl für Euch und die Damen? Ist das alles, was unser bescheidenes Haus Euch bieten kann? Wollt Ihr tanzen? Einen Gaukler? Harfen und Oboen? Nennt Eure Wünsche, sie sollen erfüllt werden.« Die Stimme des Wirtes aber klang alles andere als freundlich.

Chan warf Wess einen düsteren Blick zu, als alle Zecher in Hörweite in Gelächter ausbrachen. Wess war dankbar, daß ihre dunkle Hautfarbe die Zornesröte verbarg. Chan war hellrosa, vom Kragen seines handgesponnenen Hemdes bis unter die Haarwurzeln des blonden Schopfes. Wess wußte wohl, daß man sie beleidigt hatte, aber sie verstand nicht wie oder warum, also erwiderte sie höflich.

»Nein, Bürger, habt Dank für Eure Gastfreundschaft. Wir brauchen nur ein Zimmer, wenn Ihr eins habt, und eine Mahlzeit.«

»Ich würde auch ein Bad nicht ablehnen«, fügte Quartz hinzu.

Der Wirt schien ein wenig aus der Fassung gebracht, als er sich erneut an Chan wandte.

»Der junge Herr läßt die Damen für sich sprechen. Ist das Sitte in Eurem Land, oder ist Eure Herkunft so erhaben, daß es unter Eurer Würde ist, mit einem einfachen Wirt zu sprechen?«

»Ich verstehe Euch nicht«, erwiderte Chan. »Wess sprach für uns alle. Oder müssen wir im Chor reden?«

Kopfschüttelnd wies der Wirt den Reisenden mit übertriebener Verbeugung einen Tisch an.

Wess stellte ihr Bündel aufatmend neben sich ab und nahm Platz. Die anderen taten es ihr gleich. Aerie sah aus, als hätte sie sich keinen Augenblick länger auf den Beinen halten können.

»Dies ist ein einfaches Haus«, sagte der Wirt. »Bier, Ale oder Wein. Fleisch und Brot. Könnt Ihr zahlen?«

Er sprach wieder zu Chan. Wess, Aerie und Quartz nahm er scheinbar nicht zur Kenntnis.

»Nennt den Preis.«

»Drei Mahlzeiten, einen Raum – Ihr nehmt Euer Frühstück andernorts, ich öffne nicht sehr zeitig. Ein Silberstück im voraus.«

»Ist das Bad inbegriffen?« fragte Quartz.

»Ja, ja, in Ordnung.«

»Wir können zahlen«, sagte Quartz, die für die Geldmittel verantwortlich war. Sie hielt ihm ein Silberstück entgegen. Der Wirt sah weiterhin Chan an, aber nach einer Weile griff er nach der Münze in Quartz' Hand und wandte sich ab. Quartz wischte sich verstohlen die Hand unter dem Tisch an ihren schweren baumwollenen Beinkleidern ab.

Chan wandte sich an Wess. »Verstehst du, was

sich abgespielt hat, seit wir durch die Stadttore gekommen sind?«

»Es ist seltsam«, erwiderte sie. »Sie haben hier merkwürdige Sitten.«

»Darüber können wir uns morgen Gedanken machen«, mischte sich Aerie ein.

Eine junge Frau, die ein Tablett trug, kam an ihren Tisch. Sie trug merkwürdige Kleidung, Sommerkleider, wie es schien, denn Arme, Schultern und Brüste waren fast unbedeckt. Es *ist* heiß hier, dachte Wess. Sie ist sehr vernünftig; wenn sie nach Hause geht, braucht sie nur einen Mantel überzuziehen, so wird sie nicht frieren, und hier schwitzt sie nicht.

»Bier für Euch, Herr?« sagte die junge Frau zu Chan. »Oder Wein? Und Wein für Eure Ehefrauen?«

»Bier, bitte«, verlangte Chan. »Was sind Ehefrauen? Ich habe mich zwar mit Eurer Sprache befaßt, aber dieses Wort ist mir neu.«

»Die Damen sind nicht Eure Ehefrauen?«

Wess nahm einen Bierkrug vom Tablett, sie war zu müde, um sich Gedanken zu machen, worüber die Frau sprach. Sie nahm einen tiefen Schluck von dem kühlen bitteren Gebräu. Quartz griff nach der Weinflasche und goß sich und Aerie ein.

»Meine Gefährten sind Westerly, Aerie und Quartz«, sagte Chan und blickte auf seine jeweilige Begleiterin. »Ich bin Chandler. Und Ihr seid …?«

»Ich bin nur das Schankmädchen«, sagte sie hastig, sie wirkte erschrocken. »Ihr solltet Euch über meinen Namen keine Gedanken machen.« Hastig griff sie nach dem Bierkrug auf dem Tablett, verschüttete etwas und flüchtete.

Sie blickten sich verwundert an, aber da erschien bereits der Wirt mit dem Fleisch. Sie waren zu hungrig, um sich den Kopf darüber zu zerbrechen, womit sie das Schankmädchen so erschreckt hatten.

Wess biß herzhaft in ihr Fleisch, es war leidlich frisch, eine willkommene Abwechslung zu der Nahrung, die sie unterwegs zu sich genommen hatten – getrocknetes Fleisch, hastig auf Steinen im Lagerfeuer gebackene Brotfladen, und Früchte, die sie unterwegs fanden oder kauften. Trotzdem war Wess Besseres gewöhnt.

»Ich vermisse dein Brot«, sagte sie zu Quartz in ihrer eigenen Sprache. Quartz lächelte.

Das Fleisch war heiß und nicht verdorben. Sogar Aerie aß mit etwas Appetit, obwohl sie ihr Fleisch lieber roh verzehrte.

Während des Essens nutzte Wess die Gelegenheit und betrachtete die Schenke etwas genauer.

Eine Gruppe Zecher am Schanktisch brach plötzlich in rauhes Gelächter aus.

»Jedes verdammte Mal, wenn du in Freistatt auftauchst, sagst du verdammt noch mal dasselbe«, höhnte einer der Gruppe lautstark. »Weißt du ein Geheimnis oder ein Wunder, das dich reich macht? Warum gehst du nicht einer ehrbaren Arbeit nach – wie wir alle?«

Diese Worte lösten erneut lautstarke Heiterkeit aus, sogar der kräftig gebaute junge Mann, der Ziel des derben Spaßes war, stimmte in das Gelächter mit ein.

»Du wirst schon sehen«, sagte er. »Diesmal führt mich mein Weg direkt vor den Thron des Kaisers. Wenn ihr morgen die Ausrufer hört, werdet ihr es wissen.« Er ließ mehr Wein kommen. Seine Freunde tranken und machten Späße, beides auf seine Kosten.

Das Einhorn war jetzt wesentlich voller, verqualmter und lauter. Gelegentlich warf jemand einen Blick auf Wess und ihre Begleiter, aber man ließ sie in Ruhe.

Ein kalter Luftzug vermischte sich mit dem Geruch

von Bier, brutzelndem Fleisch und ungewaschenen Körpern. Es wurde plötzlich still in der Schenke. Wess blickte sich rasch um, ob sie nicht, ohne es zu wissen, gegen einen weiteren Brauch verstoßen hatten. Aber die allgemeine Aufmerksamkeit galt dem Eingang der Schenke. Eine Gestalt mit langem Umhang stand lässig in der Tür. Von ihr ging eine Ausstrahlung von Macht und Selbstsicherheit aus, über die die lässige Haltung nicht hinwegtäuschen konnte.

In der ganzen Schenke gab es keinen anderen Tisch, an dem noch ein Platz frei gewesen wäre.

»Setzt Euch zu uns, Schwester!« bot Wess an.

Zwei Herzschläge später fühlte sich Wess mitsamt ihrem Stuhl gegen die Wand gedrückt, und ein Dolch saß an ihrer Kehle.

»Wer nennt mich Schwester?« Die dunkle Kapuze fiel nach hinten und enthüllte das lange, mit grauen Strähnen durchzogene Haar. Ein blauer Stern strahlte auf der Stirn der Frau, deren feine Gesichtszüge in seinem Licht erschreckend gefährlich erschienen.

Wess starrte in die wütenden Augen der hochgewachsenen schlanken Frau. Ihre Halsschlagader pulsierte gegen die Schneide des Dolches. Ein Griff nach ihrem Messer oder eine Bewegung ihrer Freunde wäre ihr sicherer Tod.

»Ich wollte nicht respektlos erscheinen ...« Fast hätte sie erneut »Schwester« gesagt. Es war jedoch nicht die Vertraulichkeit, mit der sie den Anstoß erregt hatte, es war das Wort selbst. Die Frau reiste verkleidet, und Wess hatte ihre Tarnung aufgedeckt. Eine Entschuldigung allein genügte da nicht.

Ein Schweißtropfen rann ihre Wange hinunter. Chan, Aerie und Quartz waren bereit. Falls Wess ein weiterer Fehler unterlief, gäbe es mehrere Tote.

»Ich bin mit Eurer Sprache nicht vertraut, junger

Herr«, sagte Wess und hoffte, daß die Anrede, die der Wirt gebraucht hatte, in höflicherer Form vorgetragen, die Frau beschwichtigen würde. Meist beleidigte der Ton mehr als die Worte selber. »Junger Herr«, sagte sie erneut, als die Frau sie nicht umbrachte. »Man hat mich wohl falsch beraten, als man mir *Frejôjan* mit ›Schwester‹ übersetzte.«

»Vielleicht«, sagte die verkleidete Frau. »Was bedeutet *Frejôjan?*«

»Es ist eine Bezeichnung, mit der wir Freundschaft anbieten, einen Gast begrüßen, es ist auch das Wort für ein anderes Kind unserer Eltern.«

»Ah. Bruder ist das Wort, das Ihr sucht, das ist die Anrede für Männer. Einen Mann ›Schwester‹ zu nennen, ist eine Beleidigung.«

»Eine Beleidigung!« stieß Wess überrascht hervor. Aber das Messer wurde von ihrer Kehle entfernt.

»Ihr seid eine Barbarin«, stellte die verkleidete Frau mit freundlicher Stimme fest. »Barbaren können mich nicht beleidigen.«

»Seht Ihr, das ist das Problem«, sagte Chan. »Übersetzung – in unserer Sprache ist ›Barbar‹ das Wort für Außenseiter oder Fremder.« Er lächelte sein wundervolles Lächeln.

Wess zog ihren Stuhl wieder an den Tisch. Unter dem Tisch suchte ihre Hand nach der Chans. Er drückte sie sanft.

»Ich wollte Euch nur diesen Platz anbieten, da er der letzte freie hier ist.«

Die Fremde steckte ihren Dolch zurück und blickte Wess in die Augen. Wess schauderte. Sie stellte sich vor, die Nacht mit Chan auf der einen und der Frau auf der anderen Seite zu verbringen.

Sie könnte gerne in der Mitte liegen, wenn sie wollte, dachte Wess, wich aber dem Blick nicht aus.

Die Fremde lachte. Wess wußte nicht, ob der Spott ihr galt, oder ob sie sich einfach amüsierte.

»So will ich hier Platz nehmen, da sonst nichts mehr frei ist.« Sie tat es. »Mein Name ist Lythande.«

Sie nannten ihre Namen und boten ihm – Wess stellte sich Lythande als »er« vor, um nicht erneut anzuecken – Wein an.

»Ich kann euren Wein nicht annehmen«, sagte Lythande. »Aber um euch nicht zu beleidigen, werde ich mit euch rauchen. Dann wickelte Lythande gehackte, trockene Kräuter in ein trockenes Blatt, entzündete die Rolle und sog den Rauch ein, um sie dann weiterzureichen. »Westerly, *Frejôjan*.«

Um nicht unhöflich zu erscheinen, nahm Wess einen tiefen Zug. Augenblicklich wurde sie von einem gräßlichen Hustenanfall geschüttelt, als der nachließ, war ihre Kehle wund, und der süßliche Rauch hatte ihr die Sinne verwirrt.

»Es bedarf einiger Übung.« Lythande lächelte.

Chan und Quartz erging es nicht besser, aber Aerie sog den Rauch mit geschlossenen Augen tief ein und hielt den Atem an. Danach teilten sie und Lythande das glimmende Röhrchen, während die anderen noch mehr Bier und eine weitere Flasche Wein kommen ließen.

»Warum habt ihr ausgerechnet mich eingeladen, bei euch Platz zu nehmen?« wollte Lythande wissen.

»Weil ...« Wess suchte nach Worten, die ihre instinktive Handlungsweise erklären konnten. »Ihr seht aus, als wüßtet Ihr hier Bescheid. Vielleicht könnt Ihr uns helfen.«

»Wenn ihr Informationen braucht, so könnt ihr sie billiger haben und müßt nicht einen Zauberer bemühen.«

»Ihr seid ein Zauberer?« fragte Wess.

Lythande bedachte sie mit einem verächtlichen,

aber auch mitleidigen Blick. »O Kind. Was denken sich eure Leute dabei, unschuldige Kinder hierherzuschicken?« Er zeigte auf den Stern, der seine Stirn zierte. »Was meint ihr wohl, was das bedeutet?«

»Es ist wohl das Zeichen eines Magiers.«

»Ausgezeichnet. Ein paar Jahre Unterricht dieser Art, und ihr hättet eine Chance, in Freistatt zu überleben, eine Weile wenigstens – im Labyrinth – im Einhorn!«

»So viel Zeit haben wir nicht«, flüsterte Aerie. »Wahrscheinlich ist die Zeit, *die* wir haben, bereits verstrichen.«

Quartz legte den Arm um Aerie und klopfte ihr sanft auf die Schulter.

»Ihr interessiert mich«, sagte Lythande. »Sagt mir, welche Information ihr braucht. Vielleicht weiß ich, wo ihr sie weniger teuer – nicht billig, aber weniger teuer – bekommen könnt. Von Jubal, dem Sklavenhändler, oder von einem Seher ...« Er hielt inne, als er ihre Gesichter sah.

»Sklavenhändler!«

»Er sammelt auch Informationen. Ihr braucht euch nicht zu sorgen, daß er euch vom Fleck weg entführen läßt.«

Sie begannen alle gleichzeitig zu sprechen, sahen aber, wie sinnlos das war und schwiegen wieder.

»Fangt am Anfang an.«

»Wir suchen jemanden«, sagte Wess.

»Das hier ist kein guter Ort für eine Suche. Keiner wird euch etwas über irgendeinen Kunden dieses Hauses erzählen.«

»Aber er ist ein Freund.«

»Dafür steht nur euer Wort.«

»Satan ist ohnehin nicht hier«, stellte Wess fest. »Wenn er frei wäre, hierher zu kommen, wäre er auch frei genug, nach Hause zu gehen. Wir hätten dann etwas von ihm gehört oder wären ihm begegnet, oder ...«

»Ihr fürchtet, er wurde gefangengenommen. Versklavt, vielleicht.«

»So muß es sein. Er jagte allein. Das tat er gerne, es ist bei seinen Leuten üblich.«

»Wir brauchen manchmal etwas Zeit für uns selbst«, erklärte Aerie.

Wess nickte. »Wir brauchten uns um ihn keine Sorgen zu machen, bis er zur Tagundnachtgleiche nicht nach Hause kam. Dann suchten wir. Wir fanden auch sein Lager, und eine kalte Spur ...«

»Wir vermuteten, jemand habe ihn entführt, aber niemand verlangte Lösegeld«, sagte Chan. »Die Fährte war so alt – sie hatten ihn weggebracht.«

»Wir folgten ihr und hörten auch einige Gerüchte über ihn«, erzählte Aerie. »Aber die Straße verzweigte sich, und wir mußten unseren Weg wählen.« Sie zuckte scheinbar leichthin mit den Schultern, aber man sah ihr ihre Besorgnis an. Verzweifelt wandte sie das Gesicht ab. »Ich fand keine Spur ...«

Aerie konnte ein großes Gebiet schneller als die anderen erkunden. Jeden Abend, wenn sie mit den anderen im neuen Lager zusammen trafen, war sie müder und verzweifelter gewesen.

»Offensichtlich haben wir den falschen Weg gewählt«, meinte Quartz.

»Kinder«, sagte Lythande. »Kinder, *Frejôjans* ...«

»Frejôjani«, sagte Chan unbewußt, dann zuckte er mit den Schultern und hob entschuldigend die Hände.

»Euer Freund ist ein Sklave unter vielen. Mit Hilfe seiner Papiere könnt ihr ihn nicht finden, es sei denn, ihr bekommt heraus, auf welchen Namen sie gefälscht wurden. Keiner wird ihn durch eine Beschreibung erkennen, auch nicht, wenn ihr ein

Bild von ihm hättet. Seine eigene Familie, ja ihr selbst würdet ihn jetzt vielleicht nicht mehr erkennen.«

»Ich schon«, sagte Aerie.

»Das würden wir alle, sogar inmitten seiner eigenen Leute. Aber das ändert nichts. Jeder, der ihn gesehen hätte, würde sich an ihn erinnern. Aber niemand *hat* ihn gesehen, oder aber sie verraten nichts.« Wess warf einen Blick auf Aerie.

»Seht Ihr«, sagte Aerie, »er hat Flügel.«

»Flügel!« stieß Lythande hervor.

»Geflügelte Leute sind im Süden selten, nicht wahr?«

»Sie sind Fabelwesen, hier im Süden. Geflügelt? Meint ihr wirklich ...«

Aerie wollte ihren Mantel abstreifen, aber Quartz legte rasch den Arm auf ihre Schulter. Wess setzte die Unterhaltung fort.

»Diese Knochen sind länger«, erklärte sie, und deutete mit dem Finger ihrer rechten auf drei Finger der linken Hand, »und kräftiger, dazwischen spannen sich Häute.«

»Und diese Leute fliegen?«

»Natürlich. Wozu hätten sie sonst Flügel.«

Wess warf einen Blick auf Chan. Er nickte und griff nach seinem Bündel.

»Wir haben ein Bild«, sagte Wess. »Es zeigt nicht Satan, aber er ist der Abbildung sehr ähnlich.«

Chan holte eine wollene Rolle hervor, die er von Kaimas bis hierher gebracht hatte. Daraus zog er ein Stück zusammengerolltes Ziegenleder, das er auf dem Tisch ausbreitete. Die Haut war sorgfältig gegerbt und sehr dünn: Schriftzeichen bedeckten eine Seite, die andere zeigte ein Bild mit einem Wort darunter.

»Wir haben es aus der Bibliothek von Kaimas«, sagte Chan. »Niemand weiß, woher es stammt, aber wahrscheinlich ist es aus einem Buch, von dem jedoch sonst nichts mehr übrig ist.« Er zeigte Lythande die beschriebene Seite. »Ich kann die Schriftzeichen entziffern, kenne jedoch die Sprache nicht. Ist sie Euch bekannt?«

Lythande schüttelte bedauernd den Kopf. »Sie ist mir fremd.«

Enttäuscht wendete Chan die Haut und zeigte Lythande die bemalte Seite. Auch Wess beugte sich vor. Es war schön, fast so schön wie Satan selbst. Es war erstaunlich, wie ähnlich es ihm war. Der schlanke, kraftvolle geflügelte Mann hatte rotgoldenes Haar und flammenfarbene Flügel. Sein Gesichtsausdruck schien eine Mischung aus Weisheit und tiefer Verzweiflung zu sein.

Die meisten geflügelten Leute waren schwarz, schimmernd grün, oder einfach dunkelblau. Aber Satan glich dem Gemälde; seine Farbe war die des Feuers. Wess erklärte es Lythande.

»Wir nehmen an, daß dieses Wort der Name des Mannes ist«, sagte Chan. »Wir wissen nicht, wie man es richtig betont, aber Satans Mutter mochte den Namen so, wie wir ihn aussprechen, deshalb nannte sie ihn Satan.«

Lythande blickte eine lange Zeit schweigend auf das scharlachrote und goldene Gemälde, dann schüttelte er den Kopf und lehnte sich zurück. Er blies Rauch gegen die Decke. Der Ring drehte sich, funkelte und wurde schließlich eins mit dem Dunst.

Frejôjani«, begann Lythande, »Jubal und die anderen Sklavenhändler führen ihre Ware durch die Straßen der Stadt vor der Versteigerung. Wäre euer Freund darunter gewesen, wüßte das jeder in Freistatt. Jeder im ganzen Kaiserreich wüßte es.«

Aerie ballte unter ihrem Umhang die Hände zu Fäusten.

Chan rollte das Gemälde sorgsam zusammen und verstaute es.

Das war wohl das Ende ihrer Reise, fürchtete Wess.

»Aber vielleicht ...«

Aerie blickte auf und zog die Brauen über den tiefliegenden Augen zusammen.

»Ein so ungewöhnliches Wesen böte man wohl nicht auf einer öffentlichen Auktion an. Man suchte private Käufer oder brächte es dem Kaiser für seine private Menagerie.«

Aerie schreckte zusammen, und Quartz fuhr mit dem Finger über die Maserung ihres Schwertgriffs.

»Das ist gut, Kinder, versteht ihr nicht? Man wird ihn anständig behandeln, er ist wertvoll. Sklaven werden normalerweise durch Auspeitschen und andere Foltermethoden gefügig gemacht und ihr Wille gebrochen.«

Chans ohnehin helle Gesichtsfarbe wurde noch bleicher. Keiner von ihnen wußte, was Sklaverei wirklich bedeutete.

»Aber wie können wir ihn finden? Wo sollen wir suchen?«

»Das wird Jubal wissen«, sagte Lythande. »Wenn irgend jemand etwas darüber weiß, dann er. Ich mag euch, Kinder. Nutzt die Nacht und schlaft. Vielleicht wird Jubal morgen mit euch sprechen.« Er stand auf, glitt mit geschmeidigen Bewegungen zwischen den Zechern hindurch und verschwand nach draußen in die Dunkelheit.

Sie sagten nichts. Wess dachte über Lythandes Worte nach.

Ein gut gebauter junger Mann schritt durch den Raum, lehnte sich über ihren Tisch und richtete den Blick auf Chan. Wess erkannte in ihm den Mann, der vorhin Mittelpunkt des Spotts seiner Freunde gewesen war.

»Guten Abend, Reisender«, sagte er zu Chan. »Man hat mir gesagt, daß diese Frauen nicht Eure Ehefrauen sind.«

»Es scheint, daß ein jeder hier im Raum wissen will, ob meine Begleiterinnen meine Ehefrauen sind, aber ich verstehe nicht, warum«, erwiderte Chan höflich.

»Was gibt es da nicht zu verstehen?«

»Was sind Ehefrauen?«

Der Mann hob erstaunt eine Augenbraue, erwiderte aber: »Frauen, die durch das Gesetz an Euch gebunden sind. Die ihre Vorzüge nur Euch zur Verfügung stellen. Die Eure Söhne gebären und großziehen.«

»Vorzüge?«

»Sex, du Knallkopf! Ficken! Verstehst du?«

»Nicht ganz. Das erscheint mir äußerst merkwürdig.«

Wess wunderte sich auch. Es schien absurd, nur Kinder eines Geschlechts zu gebären – und durch das Gesetz an jemanden gebunden zu sein, klang verdächtig nach Sklaverei. Aber – drei Frauen, die das Gesetz an einen Mann band? Sie warf einen Blick auf Aerie und Quartz, die offensichtlich dasselbe dachten. Sie brachen in vergnügtes Gelächter aus.

»Chan, Chan, Liebster, stell dir vor, wie erschöpft du wärst!« scherzte Wess.

Chan grinste. Sie liebten sich oft alle gemeinsam, aber die Mädchen erwarteten nicht von ihm, daß er sie alle befriedigte. Wess lag gerne mit Chan, aber Aeries einfühlsame Wildheit erregte sie ebenso wie Quartz' unerschöpfliche Sanftheit und Kraft.

»So sind sie nicht Eure Ehefrauen«, stellte der

Mann fest. »Wieviel wollt Ihr für diese?« Er zeigte auf Quartz.

Sie blickten ihn alle an und warteten gespannt auf eine Erklärung.

»Komm, Mann, sei nicht zimperlich. Wir haben dich durchschaut – warum sonst bringst du die Weiber ins Einhorn? Mit der kommst du durch damit, bis die Madams es spitzkriegen. Also mach dein Glück, solange es geht. Was kostet sie? Ich kann zahlen, das versichere ich dir.«

Chan wollte sprechen, aber Quartz bedeutete ihm mit einer scharfen Bewegung, daß er schweigen solle.

»Sag mir, wenn ich dich richtig verstanden habe«, begann sie. »Du bist der Meinung, daß es Spaß machte, mit mir zu schlafen. Du möchtest das Bett mit mir teilen.«

»Das ist richtig, Süße«, er streckte die Hand aus, um nach ihrer Brust zu greifen, besann sich aber plötzlich eines Besseren.

»Trotzdem sprichst du nicht mit mir, sondern mit meinem Freund. Das erscheint mir merkwürdig und äußerst unverschämt.«

»Gewöhn dich lieber dran, Weib. Das ist hier unsere Art.«

»Du bietest Chan Geld an, damit er mich überredet, mit dir zu schlafen.«

Der Mann blickte Chan an. »Bring deinen Huren lieber Manieren bei, oder deine Kunden nehmen dir die Arbeit ab und beschädigen deine Ware.«

Chan lief puterrot an, er war verwirrt, nervös und völlig aus der Fassung gebracht. Wess meinte, sie wüßte nun, worum es ging, aber sie wollte es nicht glauben.

»Du sprichst mit mir, *Mann*«, fuhr Quartz fort, wobei sie in das Wort »Mann« ebensoviel Verachtung legte, wie er zuvor in das Wort »Weib«. »Ich habe noch eine Frage an dich. Du siehst doch nicht schlecht aus, warum kannst du nicht mit jemandem das Bett teilen, der es gerne mit dir tut? Bist du krank?«

Mit einem wütenden Aufschrei griff er nach seinem Dolch, aber ehe die Hand ihn berührte, fuhr Quartz' Kurzschwert aus der Scheide. Sie hielt die Spitze knapp über seine Gürtelspange. Der Tod, den sie ihm bot, wäre langsam und schmerzhaft.

Jeder in der Schenke sah zu, wie der Mann vorsichtig die Hände spreizte.

»Geh weg«, sagte Quartz. »Du siehst nicht schlecht aus, aber wenn du nicht krank bist, dann bist du ein Narr, und ich schlafe nicht mit Narren.«

Sie bewegte ihr Schwert um eine Handbreite. Der Mann machte drei rasche Schritte nach hinten und blickte verwirrt in die Gesichter um ihn herum. Er fand nur amüsierte Mienen. Dann erkämpfte er sich durch ein dröhnendes Gelächter den Weg zur Tür.

Der Wirt schlenderte an ihren Tisch. »Fremde«, begann er, »ich weiß nicht, ob Ihr Euch heute einen Namen gemacht oder Euer Grab geschaufelt habt, aber so gelacht haben wir seit Neumond nicht mehr. Das wird Bauchle Meyns nicht auf sich sitzen lassen.«

»Ich fand es nicht komisch«, sagte Quartz. Sie steckte ihr Kurzschwert wieder weg. Ihr Breitschwert hatte sie nicht angefaßt. Wess hatte sie es noch niemals ziehen sehen. »Ich bin müde. Wo ist unser Zimmer?«

Er brachte sie die Stiege hinauf. Das Zimmer war klein und niedrig. Als der Wirt gegangen war, wies Wess auf die Strohmatratze auf einem der Betten und verzog das Gesicht.

»Ich habe die weite Reise nicht gemacht, um mir hier Flöhe zu holen.« Sie ließ ihre Bettrolle auf den

Boden fallen. Chan zuckte mit den Schultern und setzte seine Last ab.

Quartz schmiß ihr Bündel in die Ecke. »Ich habe ein Wörtchen mit Satan zu reden, wenn wir ihn finden«, sagte sie verärgert. »Dummer Narr, läßt sich von diesen Kreaturen einfangen.«

Aerie stand in ihren Mantel gehüllt. »Das ist ein erbärmlicher Ort«, stellte sie fest. »Aber du kannst hier weg, er nicht.«

»Aerie, Liebes, ich weiß doch, es tut mir leid.« Quartz nahm sie in die Arme und strich über ihr Haar. »Ich meine es nicht so, ich war verärgert.«

Aerie nickte.

Wess rieb Aeries Schultern, öffnete die Schließe ihres langen Umhangs und nahm ihn ab. Das Kerzenlicht tanzte auf dem schwarzen Fell, das ihren Körper bedeckte, weich und glänzend wie Robbenfell. Sie trug nur ein kurzes, dünnes blaues Seidengewand und Stiefel. Die Stiefel streifte sie ab, grub ihre Krallen in den rauhen Holzboden und streckte sich.

Ihre äußeren Finger lagen dicht an der Außenseite ihrer Arme. Sie öffnete sie, und die Flügel entfalteten sich.

Die halbe Spannweite der Schwingen füllte bereits den Raum. Sie ließ sie hängen und zog den ledernen Vorhang des hohen schmalen Fensters zur Seite. Das nächste Gebäude war sehr nahe.

»Ich werde fliegen.«

»Aerie, nun sind wir so weit gekommen ...«

»Wess, ich *bin* müde. Ich fliege auch nicht weit. Aber während des Tages kann ich nicht fliegen, auch nicht wenn der Mond zunimmt. Wenn ich jetzt nicht rauskomme, kann ich erst in einigen Tagen wieder fliegen.«

»Ja. Sei vorsichtig.«

»Ich bleibe nicht lange aus.« Sie glitt seitlich durch das Fenster und kletterte die rauhe Gebäudefront hoch. Ihre Krallen kratzten auf den luftgetrockneten Ziegeln. Sie hörten über sich drei sanfte Schritte, dann das Rauschen von Flügeln – Aerie flog.

Die anderen schoben die Betten zur Seite und breiteten ihre Decken nebeneinander auf den Boden. Quartz schlang den Ledervorhang um einen Haken in der Wand und stellte die Kerze auf das Fenstersims.

Chan drückte Wess an sich. »Ich bin noch niemandem begegnet, der so schnell war wie Lythande. Wess, Liebste, ich fürchte, er hätte dich töten können, ehe ich ihn überhaupt bemerkte.«

»Es war dumm, einen Fremden so vertraut anzusprechen.«

»Aber was er sagte, hilft uns sicher weiter.«

»Ja, vielleicht war es die Angst wert.« Wess blickte aus dem Fenster, sah aber nichts von Aerie.

»Warum hieltest du Lythande für eine Frau?«

Wess sah Chan forschend an. Er erwiderte ihren Blick fragend.

Er weiß es nicht, dachte Wess erstaunt. Er hat nicht gemerkt ...

»Ich – keine Ahnung«, sagte sie. »Ein dummer Fehler. Davon habe ich heute viele gemacht.«

Zum erstenmal in ihrem Leben hatte sie einen Freund absichtlich angelogen. Sie fühlte sich übel, und als sie das Kratzen von Krallen auf dem Dach über sich hörte, hatte sie einen Grund mehr, sich zu freuen, daß Aerie zurückgekehrt war. In diesem Augenblick hämmerte der Wirt an ihre Tür, um auszurichten, daß das Bad bereit sei. In dem Durcheinander, Aerie ins Zimmer und in ihren Mantel zu bekommen, ehe sie die Tür öffneten, vergaß Chan die Frage nach Lythandes Geschlecht.

Unter ihnen im Einhorn verstummten die lauten Lustbarkeiten allmählich. Wess zwang sich, still zu liegen. Sie war so müde, daß sie meinte, die Welt um sie herum risse sie wie die Strömung eines Flusses fort, aber einschlafen konnte sie nicht. Sogar das Bad, das erste warme Bad, seit sie von Kaimas fortgezogen waren, hatte sie nicht entspannen können. Quartz lag stark und warm an ihrer Seite, und Aerie schlief zwischen Quartz und Chan. Wess neidete Aerie und Quartz ihre Plätze nicht, aber sie lag gern in der Mitte. Sie wünschte, einer ihrer Freunde wäre wach, um sich mit ihr der Liebe hinzugeben, aber an dem gleichmäßigen Atmen hörte sie, daß alle tief schliefen. Sie kuschelte sich an Quartz, die im Traum nach ihr griff und sie umarmte.

Die Dunkelheit schien ihr endlos, die Dämmerung war fern.

Schließlich schlüpfte sie aus Quartz' Armen und unter der Decke hervor, zog leise Beinkleider und Hemd an, und schlich barfuß die Treppe hinunter und hinaus. An der Türschwelle zog sie die Stiefel an.

Der Mond spendete sein schwaches Licht, mehr brauchte Wess nicht. Die Straße war leer. Ihre Schritte hallten auf den Pflastersteinen, und die nahen Lehmziegelwände warfen das hohle Echo zurück. Ein so kurzer Aufenthalt in der Stadt sollte sie eigentlich nicht so verunsichern, trotzdem fühlte sie sich nicht wohl in ihrer Haut. Sie beneidete Aerie um die Fähigkeit, ausbrechen zu können, egal, wie kurz und wie gefährlich es sein mochte. Wess ging die Straße hinunter und prägte sich sorgfältig den Weg ein. Sich in dem Wirrwarr von Straßen, Wegen, Durchgängen und Sackgassen zu verlaufen, wäre kein Kunststück.

Ein Stiefel schleifte über die Pflastersteine, das

Geräusch riß sie aus ihren Gedanken. Sie wollten ihr folgen? Sie wünschte, wem auch immer, viel Glück.

Wess war Jägerin. Sie stellte ihre Beute so leise, daß sie sie mit dem Messer töten konnte. In dem dichten Regenwald, in dem sie zu Hause war, trafen Pfeile nicht sicher genug. Einmal war sie unbemerkt so nahe an einen Panther herangeschlichen, daß sie seinen weichen Pelz streicheln konnte; dann verschwand sie und lachte, während die Raubkatze wütend und beleidigt brüllte. Sie grinste und ging schneller, ihre Schritte auf dem Stein waren nicht mehr zu hören.

Sie kannte sich hier nicht aus, was sie ein wenig behinderte. Eine Sackgasse könnte zu einer Falle werden. Aber zu ihrer Freude stellte sie fest, daß ihre Begabung, gute Pfade zu finden, sie in der Stadt nicht verlassen hatte. Einmal fürchtete sie, umkehren zu müssen, doch durch die Mauer, die ihren Weg versperrte, verlief ein tiefer, diagonaler Riß. Er bot ihr genug Halt, so daß sie darüberklettern konnte. Ein Sprung brachte sie in den Garten dahinter, rasch durchquerte sie ihn, und eine Weinranke auf der gegenüberliegenden Wand half auch dieses Hindernis zu überwinden. Sie landete in einer weiteren Straße.

Leichtfüßig rannte sie weiter. Ihre Erschöpfung wich, worüber sie froh war. Selbst die hoch aufragenden Gebäude ringsum wirkten nun weniger bedrohlich, und auch die schmutzigen, verzweigten Straßen und die üblen Gerüche machten ihr nicht mehr so viel aus.

Sie nutzte den Schatten von zwei versetzt nebeneinander gebauten Häusern, hielt an und lauschte.

Die weichen leisen Schritte verstummten. Ihr Verfolger zögerte. Kies knirschte zwischen Stein und Leder als er sich umwandte, um zunächst die eine und schließlich die falsche Abzweigung zu wählen, und sich entfernte. Wess grinste, hatte jedoch Respekt vor dem Verfolger, der ihr so lange auf den Fersen bleiben konnte.

Leise durch die Schatten gleitend, machte sie sich auf den Weg zurück zur Schenke. An einem verfallenen Gebäude, das sie sich gemerkt hatte, fand sie Halt für Finger und Zehen und kletterte auf das Dach des angrenzenden Hauses. Fliegen war nicht das einzige Talent, um das sie Aerie beneidete. Eine glatte Lehmziegelwand hochklettern zu können, wäre manchmal auch ganz nützlich.

Das Hausdach war leer. Zweifellos war es zu kalt, um im Freien zu übernachten, und die Bewohner der Stadt zogen sich nachts in wärmere Unterschlupfe zurück.

Hier oben war die Luft frischer, deshalb legte sie soviel wie möglich von ihrem Weg auf den Dächern zurück. Die Hauptpassage durch das Labyrinth jedoch war zum Darüberspringen zu breit. Vom Gebäude gegenüber dem Einhorn beobachtete Wess die Schenke. Sie bezweifelte, daß ihr Verfolger sie vor ihr hatte erreichen können, aber in dieser fremden Umgebung bestand zumindest die Möglichkeit. Niemand war zu sehen. Die Dämmerung würde bald anbrechen. Ihre Erschöpfung war einer angenehmen Müdigkeit gewichen. Sie kletterte vom Dach und schickte sich an, die Straße zu überqueren.

Die Tür hinter ihr flog krachend auf, eine Gestalt sprang heraus, und etwas Hartes traf ihren Kopf.

Wess stürzte auf die Straße. Der Schatten kam näher und trat ihr in die Rippen. Ein stechender Schmerz wütete in ihrer Brust, als sie nach Luft rang.

»Laß sie noch leben.«

»Ja. Ich habe noch etwas vor mit ihr.«

Wess erkannte die Stimme Bauchle Meyns', der

Quartz in der Schenke beleidigt hatte. Wieder trat er ihr in die Seite.

»Wenn ich mit dir fertig bin, Weibsstück, wirst du mich zu deinen Freunden bringen.« Er öffnete seinen Gürtel.

Wess versuchte, auf die Beine zu kommen. Bauchle Meyns' Gefährte aber trat näher und holte zu einem weiteren Tritt aus.

Als sein Fuß nah genug war, packte und drehte sie ihn. Als er fiel, arbeitete Wess sich hoch. Bauchle Meyns stürzte sich überrascht auf sie und umklammerte ihre Arme, so daß sie ihr Messer nicht erreichen konnte. Er preßte sein Gesicht gegen das ihre. Die harten Bartstoppel rieben an ihrer Haut, und sie roch den sauren Atem. Er konnte sie jedoch nicht festhalten und gleichzeitig ihren Kopf drehen, aber er sabberte ihr über die Backe. Seine Beinkleider rutschten, und der Penis drückte ihr gegen die Schenkel.

Wess' Knie traf ihn hart zwischen die Beine.

Er brüllte auf, ließ ab von ihr und wankte davon. Stöhnend, die Hände gegen den tobenden Schmerz pressend, stolperte er über seine Hosen. Wess zog ihren Dolch, und mit dem Rücken gegen die Wand erwartete sie den nächsten Angriff.

Bauchle Meyns' Gefährte sprang. Ihr Messer bohrte sich in seinen Arm. Er fuhr zurück und fluchte lautstark. Blut spritzte zwischen den Fingern hervor.

Schritte! Wess hörte sie einen Herzschlag vor ihm. Schwankend preßte sie ihre freie Hand gegen die Wand. Um Hilfe zu rufen, traute sie sich nicht. Wer auch immer den Ruf hörte, mochte nicht unbedingt auf ihrer Seite sein.

Ihr Gegner jedoch fluchte erneut, packte Bauchle Meyns am Arm und zog ihn mit sich fort, so schnell letzterer in seinem augenblicklichen Zustand folgen konnte.

Wess sackte zusammen. Ihr war klar, daß sie sich noch immer in Gefahr befand, aber ihre Beine trugen sie nicht länger.

Die Schritte verstummten. Wess sah auf, die Finger um den Griff des Dolches geklammert.

»Frejôjan«, sagte Lythande sanft, sie stand etwa zehn Schritte vor Wess. »Schwester, du hast mir eine harte Jagd beschert.« Sie sah den beiden Männern nach. »Und nicht nur mir, wie es scheint.«

»Ich habe noch nie zuvor mit einem Menschen gekämpft«, preßte Wess zitternd hervor. »Nicht in einem ernsten Kampf. Nur zur Übung. Keiner wurde je verletzt.« Sie tastete nach der Wunde, die stark blutete. Ihre Gedanken lenkten den Blutstrom, der nun allmählich versiegte.

Lythande saß auf den Fersen neben ihr. »Laß sehen.« Erstaunt untersuchte sie die Wunde. »Ich dachte du blutest, aber es hat aufgehört. Was ist geschehen?«

»Das ist mir selbst nicht ganz klar. Seid Ihr mir gefolgt oder die Männer? Ich hatte den Eindruck, daß mir nur einer folgte.«

»Ich war dein einziger Verfolger«, bestätigte Lythande. »Die beiden sind gewiß gekommen, um Quartz erneut zu belästigen.«

»Ihr wißt davon?«

»Das weiß die ganze Stadt, Kind. Zumindest jeder im Labyrinth. Bauchle wird das so schnell nicht verwinden. Schlimmer noch, er wird nie verstehen, was geschah, oder warum.«

»Ich verstehe es auch nicht«, sagte Wess. Sie sah Lythande an. »Wie kannst du hier leben?« stieß sie hervor.

Lythande erhob sich stirnrunzelnd. »Ich lebe nicht hier. Aber das ist es nicht, was du wissen willst. Wir können uns hier, auf offener Straße, nicht gut unterhalten.« Er sah sich um, zögerte und blickte sie wieder an. »Willst du mit mir kommen? Ich habe nicht viel Zeit, aber ich kann deine Wunde versorgen, und wir werden in Ruhe reden können.«

»Gut«, sagte Wess. Sie steckte ihr Messer wieder in die Hülle und stand auf, der Schmerz in der Seite ließ sie zusammenzucken. Lythande half ihr auf.

»Vielleicht ist eine Rippe gebrochen«, sagte er. Langsam gingen sie die Straße hinunter.

»Nein«, sagte Wess. »Sie ist gequetscht. Es wird eine Zeitlang weh tun, aber gebrochen ist sie nicht.«

»Woher weißt du das?«

Wess sah ihn fragend an. »Ich komme zwar nicht aus der Stadt, aber meine Leute sind keine Barbaren. Ich habe aufgepaßt im Unterricht, als ich klein war.«

»Unterricht? Was für ein Unterricht?«

»Nun, um die Vorgänge des Körpers zu kontrollieren, zu wissen, ob man verletzt ist, und was man tun muß, wenn es so ist – sicher lernen auch eure Kinder diese Dinge.«

»Davon versteht mein Volk nichts«, gab Lythande zurück. »Ich denke, wir werden eine interessantere Unterhaltung führen, als ich dachte, Frejôjan.«

Der Weg durch das Labyrinth war sogar für Wess verwirrend, bis sie endlich zu einem kleinen Gebäude kamen, vor dem Lythande stehenblieb. Wess fühlte sich ein wenig schwindelig, was von dem Schlag auf den Kopf herrührte, sie wußte aber, daß ihre Verletzungen nicht gefährlich waren. Lythande öffnete eine niedrige Tür, bückte sich und trat ein. Wess folgte.

Lythande nahm eine Kerze. Der Docht glühte auf. In der Mitte des Raumes spiegelte ein winziger Fleck das Glühen wider. Die Funken wurden zur Flamme, und der Widerschein wuchs. Wess blinzelte. Der Widerschein wurde zu einer Kugel, die höher war als Lythande. Farbe und Beschaffenheit glichen tiefem Wasser, das blaugrau schimmerte. Sie balancierte selbständig im Raum.

»Folge mir, Westerly.«

Lythande ging auf die Kugel zu, deren Oberfläche sich kräuselte, als sie näher kam. Sie stieg in die Kugel und wurde von ihr gleichsam umschlungen. Wess sah eine verschwommene Gestalt jenseits der Oberfläche und dem Lichtschein der Kerzenflamme.

Vorsichtig berührte Wess die Kugel mit einer Fingerspitze. Sie war naß. Wess holte Luft und steckte eine Hand durch.

Es hielt sie fest! Sie konnte nicht weiter, nicht entfliehen, sich nicht bewegen. Selbst die Stimme versagte ihr.

Einen Herzschlag später tauchte Lythande auf. In ihren Haaren glitzerten Wassertropfen, aber die Kleider waren trocken. Sie sah stirnrunzelnd auf Wess, und die Falten drapierten sich um den Stern. Dann entspannten sich die Züge, und sie griff nach Wess' Armgelenk.

»Kämpfe nicht, kleine Schwester«, sagte sie. »Kämpfe nicht gegen mich.«

Der blaue Stern glänzte in der Dunkelheit, seine Spitzen funkelten in neuem Licht. Lythande mußte viel Kraft aufwenden, um Wess' Ärmel aus der Kugel zu ziehen. Der Stoff war durchweicht und kalt. In den wenigen Sekunden hatte das Wasser die Haut der Finger weich und schrumpelig gemacht. Unvermittelt gab die Kugel die Hand völlig frei, und Wess wäre gefallen, hätte Lythande sie nicht aufgefangen.

»Was ist geschehen?«

Lythande stützte sie und griff ins Wasser, um es wie einen Vorhang beiseite zu schieben. Sie schob

Wess auf die Öffnung zu. Unwillig schwankte Wess vorwärts, und Lythande half ihr hinein. Die Oberfläche schloß sich hinter ihnen. Lythande drückte Wess sanft auf die Plattform, die scheinbar fließend aus der inneren Biegung der Kugel herausragte. Wess erwartete, Nässe zu spüren, aber die Oberfläche war elastisch, glatt und sogar ein wenig warm.

»Was ist geschehen?« fragte sie noch mal.

»Die Kugel ist ein Schutz gegen andere Magier.«

»Ich bin kein Magier.«

»Du scheinst das wirklich zu glauben. Du könntest mich nicht täuschen, es wäre dein Tod. Aber wenn du kein Magier bist, dann nur, weil du ungeübt bist.«

Wess wollte widersprechen, aber Lythande brachte sie mit einer Handbewegung zum Schweigen.

»Jetzt verstehe ich, wie du mir auf der Straße entwischen konntest.«

»Ich bin Jäger«, sagte Wess verwirrt. »Was würde ein Jäger taugen, der sich nicht schnell und leise bewegen kann?«

»Nein, es war mehr als das. Ich habe ein Zeichen an dir angebracht, und du warfst es ab. Das ist bisher noch niemandem gelungen.«

»Ich habe nichts dergleichen getan.«

»Laß uns nicht streiten, Frejôjan. Dafür ist keine Zeit.« Lythande untersuchte die Wunde, dann tauchte sie die Hand in die Wand der Kugel, entnahm eine Handvoll Wasser, und wusch damit das klebrige Blut ab. Die Berührung war warm und angenehm, Lythande war gewiß so erfahren wie Quartz.

»Warum brachtest du mich hierher?«

»Damit wir uns unbeobachtet unterhalten können.«

»Worüber?«

»Zunächst habe ich eine Frage. Warum glaubtest du, ich sei eine Frau?«

Wess runzelte die Stirn und starrte in die verschwommenen Tiefen des Fußbodens. Ihr Stiefel kräuselte die Oberfläche, wie es das Bein eines Wasserläufers tut.

»Weil du eine Frau *bist*«, erklärte sie. »Warum gibst du vor, keine zu sein?«

»Das steht nicht zur Debatte«, erwiderte Lythande. »Die Frage war, warum nanntest du mich Schwester in dem Augenblick, als du mich sahst? Kein anderer Zauberer und auch sonst niemand hat mich je angesehen und als das erkannt, was ich wirklich bin. Du könntest mich und dich in große Gefahr bringen. Woher wußtest du es?«

»Nun, ich wußte es eben«, entgegnete Wess. »Es war offensichtlich. Ich sah dich an, aber ich fragte mich nicht, ob du nun eine Frau oder ein Mann seist. Ich dachte, wie schön und elegant sie ist. Sie sieht weise aus, vielleicht kann sie uns helfen. Deshalb sprach ich dich an.«

»Und was dachten deine Freunde?«

»Sie – ich weiß nicht, was Aerie oder Quartz dachten, Chan fragte, warum ich dich mit ›Schwester‹ ansprach.«

»Und deine Antwort?«

»Ich – ich«, sie zögerte. »Ich log ihn an«, bekannte sie, sie fühlte sich elend. »Ich sagte, es waren die Müdigkeit und das schlechte Licht und daß ich einen dummen Fehler gemacht hätte.«

»Warum hast du ihn nicht davon überzeugt, daß du recht hattest?«

»Weil es nicht meine Sache ist, etwas aufzudecken, was du lieber geheimhältst. Selbst meinem ältesten Freund gegenüber, meinem ersten Geliebten.«

Lythande starrte nach oben auf die gebogene Oberfläche im Innern der Kugel. Die Spannung wich aus ihrer Haltung.

»Danke, kleine Schwester«, sagte sie, und ihre Stimme verriet Erleichterung. »Ich wußte nicht, ob mein Geheimnis bei dir sicher wäre. Aber ich denke, das ist es.«

Wess starrte sie an, kalte Schauer liefen ihr über den Rücken, als sie begriff. »Du brachtest mich hierher – du hättest mich getötet?«

»Wenn ich es gemußt hätte«, gab Lythande leichthin zu. »Ich bin froh, daß es nicht nötig war. Aber auf ein Versprechen unter Zwang konnte ich mich nicht verlassen. Du fürchtest mich nicht, dein Entschluß entsprang einem eigenen, freien Willen.«

»Das mag so sein«, erwiderte Wess. »Aber daß ich dich nicht fürchte, ist nicht wahr.«

Lythande musterte sie. »Vielleicht ist diese Furcht berechtigt. Du könntest mich mit einem unbedachten Wort vernichten. Aber dieses Wissen wäre vielleicht auch dein Tod. Einige Leute fänden Mittel und Wege, herauszubekommen, was du weißt.«

»Ich würde nichts verraten.«

»Wenn jemand Verdacht schöpft, zwingt man dich wahrscheinlich.«

»Ich kann auf mich selbst aufpassen«, erklärte Wess.

Lythande rieb sich den Nasenrücken mit Zeige- und Mittelfinger. »Nun, Schwester, das hoffe ich. Ich kann dir nur wenig Schutz geben.« Sie – *er*, rief Wess sich ins Gedächtnis – stand auf. »Es ist Zeit, zu gehen. Die Dämmerung bricht bald an.«

»Du hast mir eine Frage gestellt – darf auch ich dich etwas fragen?«

»Ich werde dir antworten, wenn ich kann.«

»Bauchle Meyns hätte mich, wenn er sich nicht so dumm angestellt hätte, umbringen können. Aber er verhöhnte mich, bis ich wieder einigermaßen bei Sinnen war. Er ließ seine Deckung fallen. Sein Freund wußte, daß ich ein Messer hatte, aber er griff unbewaffnet an. Nun versuche ich, zu verstehen, was geschah, aber es ergibt alles keinen Sinn.«

Lythande atmete tief ein. »Westerly«, begann sie. »Ich wünschte, du wärst nie nach Freistatt gekommen. Du hast überlebt. Aus denselben Gründen, aus denen ich mich entschlossen habe, so zu erscheinen, wie ich nun bin und bleiben muß.«

»Ich verstehe noch immer nicht.«

»Sie rechnen nicht damit, daß du kämpfst. Daß du dich ein wenig wehrst, vielleicht, ja das erregt sie. Sie erwarten, daß du dich ihren Wünschen fügst, ob sie dich nun schlagen, vergewaltigen oder töten wollen. Die Frauen Freistatts sind nicht geübt im Kampf. Sie lernen, daß ihre einzige Macht darin besteht, zu gefallen, im Bett und durch Schmeichelei. Einige beherrschen das großartig. Die meisten überleben.«

»Und der Rest?«

»Der Rest wird aus verletztem Stolz getötet. Oder ...« Sie lächelte bitter und deutete auf sich.

»Einige, wenige, stellen fest, daß ihre Talente auf anderem Gebiet liegen.«

»Warum nimmst du das auf dich?«

»Weil es der Lauf der Dinge ist, Westerly. Manche würden es Bestimmung nennen.«

»Bei uns in Kaimas ist das anders.« Allein den Namen ihrer Heimat auszusprechen, erweckte in ihr den Wunsch, zurückzukehren. »Wer bestimmt das?«

»Tja, Liebes«, antwortete Lythande ironisch. »Die Götter.«

»Dann solltet ihr euch dieser Götter entledigen.«

Lythande hob eine Braue. »Du solltest vielleicht solche Ideen für dich behalten. Die Priester dieser Götter sind in Freistatt sehr mächtig.« Ihre Hand teilte erneut die Oberfläche der Kugel und hielt die beiden Teile auseinander, um Wess hinauszulassen.

Wess hoffte, das Wanken und Schlingern ließe nach, wenn sie festen Boden unter den Füßen hätte.

Ihr Hoffen war umsonst.

Schweigend kehrten Lythande und Wess zum Einhorn zurück. Als das Labyrinth erwachte, füllten sich die Straßen mit beladenen Karren, vor die hagere Pferde gespannt waren, mit Bettlern, Gauklern und Taschendieben. Wess kaufte Früchte und Speckbrot für ihre Freunde und sich.

Das Einhorn war geschlossen und dunkel. Wie der Wirt schon gesagt hatte, er öffnete nicht sehr früh. Wess ging zum Eingang auf der Rückseite. Auf der Treppe, die hinaufführte, hielt Lythande inne.

»Ich muß dich jetzt verlassen, Frejôjan.«

Wess sah ihn überrascht an. »Aber ich dachte, du kämst mit, wir könnten gemeinsam frühstücken und reden ...«

Lythande schüttelte den Kopf. Sein Lächeln war seltsam, nicht wie Wess vermutet hätte, ironisch, sondern traurig. »Ich wollte, ich könnte, kleine Schwester. Diesmal wünschte ich es wahrhaftig. Aber ich habe Geschäfte im Norden, die nicht warten können.«

»Im Norden! Warum hast du mich dann bis hierher begleitet?« Trotz der sich windenden Straßen hatte Wess ihre Orientierung nicht verloren und wußte, daß sie in südlicher Richtung gegangen waren.

»Ich wollte mit dir reden«, sagte Lythande.

Wess sah ihn finster an. »Du dachtest, ich käme alleine nicht zurecht.«

»Du bist fremd hier. Der Ort ist nicht sicher, nicht einmal für Leute, die ihr ganzes Leben hier zugebracht haben.«

»Du ...« Wess verstummte. Sie hatte versprochen, sein Geheimnis für sich zu behalten, so konnte sie nicht sagen, was sie eben noch hatte sagen wollen: nämlich, daß Lythande sie behandelte, wie sie selbst nicht behandelt werden wollte. Wess schüttelte den Ärger ab. Stärker noch als die Enttäuschung über Lythandes mangelndes Vertrauen in sie und darüber, daß er nun gehen würde, war ihre Überraschung darüber, daß der Magier nur vorgegeben hatte, etwas über Satans Verbleib herausbekommen zu wollen. Aber sie hatte nicht die Absicht, zu intensiv über die Beweggründe eines Zauberers nachzudenken.

»Du hast mein Versprechen«, sagte sie bitter. »Sei versichert, daß mir mein gegebenes Wort etwas bedeutet. Mögen deine Geschäfte gewinnbringend sein.« Sie wandte sich ab und nahm den Türgriff in die Hand, ihr Blick war verschwommen.

»Westerly«, sagte Lythande sanft. »Glaubst du, ich kam gestern nacht zurück, nur um einen Schwur von dir zu erzwingen?«

»Das spielt keine Rolle.«

»Vielleicht nicht, schließlich habe ich so wenig dafür zu bieten.«

Wess drehte sich noch einmal um. »Und du meinst, ich machte dieses Versprechen nur, weil ich Hilfe von dir erhoffte?«

»Nein«, sagte Lythande fest. »Frejôjan, ich wollte, ich hätte mehr Zeit – aber ich kann dir dies sagen. Letzte Nacht sprach ich mit Jubal.«

»Warum hast du nichts davon gesagt? Was weiß er? Hat er Satan gesehen?« Aber sie war sich klar darüber, daß sie an der Antwort keine Freude haben würde. Lythande hätte eine gute Nachricht nicht so lange zurückbehalten.

»Wird er mit uns sprechen?«

»Er hat euren Freund nicht gesehen, kleine Schwester. Er sagte, er habe keine Zeit, euch zu sehen.«

»Oh.«

»Ich bedrängte ihn. Er schuldet mir noch etwas, aber in letzter Zeit benimmt er sich merkwürdig. Er hat vor etwas anderem mehr Angst als vor mir, und das ist sehr seltsam.«

»Hat er wenigstens *irgend etwas* gesagt?«

»Er sagte – ihr solltet heute abend zum Platz vor dem Palast des Statthalters gehen.«

»Warum?«

»Westerly, das mag mit Satan nichts zu tun haben. Aber dort ist der Sklavenmarkt.«

Wess schüttelte verwundert den Kopf.

»Wo die Sklaven zum Verkauf angeboten werden.«

Wut, Verzweiflung und Hoffnung – Wess' Gefühle waren so überwältigend, daß sie nicht antworten konnte. Lythande nahm die Stufen hinauf zu ihr mit einem Satz und legte seine Arme um sie. Wess zitterte, und Lythande streichelte sie.

»Wenn er dort ist – gibt es denn kein Gesetz, Lythande? Kann eine freie Person gefangen werden, und – und ...«

Lythande blickte zum Himmel. Das Licht der Sonne strahlte schon über die Dächer der Gebäude im Ostviertel der Stadt.

»Frejôjan, ich *muß* gehen. Falls euer Freund dort ist, könntet ihr versuchen, ihn zu kaufen. Die Händler hier sind nicht so reich wie in der Hauptstadt, aber arm sind sie auch nicht. Ihr brauchtet sehr viel Geld. Ich meine, ihr solltet euch statt dessen an den Statthalter wenden. Er ist ein junger Mann – ein Narr zwar, aber er versucht, gerecht zu sein.« Lythande drückte Wess ein letztes Mal und schritt davon. »Alles Gute, kleine Schwester. Bitte glaube mir, ich bliebe, wenn ich könnte.«

Wess betrat den Raum. Chan stützte sich auf einen Ellenbogen.

»Ich habe mir Sorgen gemacht«, begrüßte er sie.

»Ich kann selbst auf mich aufpassen!« entgegnete Wess scharf.

»Wess, Liebes, was ist los?«

Sie wollte ihm alles erzählen, konnte aber nicht. Schweigend stand sie da, starrte auf den Boden und kehrte ihrem besten Freund den Rücken.

Sie sah über die Schulter, als Chan aufstand. Durch den zerschlissenen Vorhang malte die Sonne Muster auf seinen Körper. Er hatte sich verändert, wie sie alle. Er war noch immer schön, aber dünner jetzt und härter.

Er berührte sanft ihre Schulter. Sie zuckte zusammen.

»Du bist verletzt!« stellte er erschrocken fest, als er die Blutspuren an ihrem Kragen sah. »Quartz!«

Quartz murmelte verschlafen in ihrer Decke. Chan wollte Wess zum Fenster bringen, wo das Licht besser war.

»Faß mich nicht an!«

»Wess ...«

»Was ist denn?« fragte Quartz.

»Wess ist verletzt.«

Quartz kam barfuß auf die beiden zu, und Wess stürzte, in Tränen aufgelöst, in ihre Arme.

Quartz hielt Wess genauso, wie Wess sie vor einigen Nächten gehalten hatte, als Quartz vor Heimweh und Sehnsucht nach ihren Kindern im Bett still geweint hatte. »Sag mir, was geschehen ist«, forderte sie Wess auf.

Wess sprach weniger von dem Überfall selbst, als von dem, was Lythande ihr darüber und über Freistatt erzählt hatte.

»Ich verstehe«, sagte Quartz, als Wess ihr einiges

berichtet hatte. Sie strich über Wess' Haar und wischte ihr die Tränen von der Wange.

»Ich nicht«, gab Wess zu. »Ich werde wahrscheinlich verrückt, daß ich mich so benehme!« Und wieder begann sie zu weinen. Quartz brachte sie zu den Decken, wo Aerie saß und verwirrt ins Licht blinzelte. Chan folgte ihnen, nicht weniger verwundert. Quartz half Wess, sich niederzusetzen, nahm neben ihr Platz, und legte wieder den Arm um sie. Aerie rieb ihr Hals und Rücken und breitete die Flügel um die beiden.

»Du wirst nicht verrückt«, beruhigte Quartz sie. »Du bist nur nicht daran gewöhnt, wie die Dinge hier ihren Lauf nehmen.«

»Ich möchte mich auch nicht daran gewöhnen, ich will Satan finden und wieder nach Hause gehen.«

»Ich weiß«, flüsterte Quartz. »Ich weiß.«

»Aber ich nicht«, protestierte Chan.

Wess schmiegte sich an Quartz; sie war nicht in der Lage, irgend etwas zu sagen, was Chan für den Schmerz, den sie ihm zugefügt hatte, entschädigen würde.

»Laß sie eine Weile allein, Chan«, forderte Quartz ihn auf. »Laß sie sich ausruhen, und es kommt wieder alles in Ordnung.«

Quartz legte Wess sanft nieder. Zwischen Quartz und Aerie, die ihre Flügel über sie alle gebreitet hatte, schlief Wess ein.

Wess erwachte am Vormittag. Der Kopf tat ihr weh, und der schwarze Fleck auf den Rippen schmerzte bei jedem Atemzug. Sie sah sich im Zimmer um. Neben ihr saß Quartz, die einen Riemen an ihrem Rucksack ausbesserte und sie jetzt anlächelte. Aerie bürstete ihr kurzes, schwarzes Fell, und Chan starrte aus dem Fenster; einen Arm stützte er auf das Fensterbrett, das Kinn ruhte auf der Hand, und sein Hemd lag über den Knien.

Wess stand auf und ging zu ihm. Sie setzte sich neben ihm auf die Fersen. Er sah sie an, dann wieder aus dem Fenster, und schließlich sah er ihr ins Gesicht.

»Quartz hat mir ein wenig erzählt ...«

»Ich war wütend«, versuchte Wess zu erklären.

»Weil sich Barbaren aufführen wie – Barbaren, ist das noch kein Grund, mit mir böse zu sein.«

Er hatte recht, das wußte sie. Aber die Wut und Verwirrung, die sie noch immer fühlte, ließen sich nicht mit Worten beiseite wischen.

»Du weißt ...«, begann er, »du weißt, daß ich *so* nicht handeln könnte.«

Einen kurzen Augenblick lang versuchte sich Wess vorzustellen, daß Chan sich benähme wie der Wirt oder Bauchle Meyns, blind vor Sehnsucht, die eigenen Wünsche über alles andere stellend. Die Idee war so lächerlich, daß sie plötzlich laut herauslachte.

»Ich weiß, daß du das nicht könntest«, beruhigte sie ihn. Sie war nur böse auf den Menschen, der er *hätte* sein können, wäre sein Leben in anderen Bahnen verlaufen. Noch böser aber war sie auf den Menschen, der *sie* hätte sein können. Sie nahm Chan rasch in die Arme. »Chan, ich muß hier weg.« Sie nahm seine Hand und stand auf. »Komm, ich traf Lythande vergangene Nacht und habe einiges von ihr erfahren.«

Sie warteten nicht bis zum Abend, um zum Palast des Statthalters zu gehen, sondern brachen früher auf, in der Hoffnung, eine Audienz beim Prinzen bewilligt zu bekommen. Vielleicht ließe sich der Prinz überreden, Satan herauszugeben.

Offensichtlich hatte aber auch sonst niemand Lust gehabt, bis zum Abend zu warten. So schlossen sie sich der Menge an, die auf das große Tor zuströmte. Wess' Versuch, sich vorzudrängen, scheiterte an einem harten Ellenbogen, mit dem ihre verwundete Seite äußerst unsanft Bekanntschaft machte.

»Nicht drängeln, Mädchen«, schalt die zerlumpte Gestalt, der der Ellenbogen gehörte. Er schwang seinen Stock in ihre Richtung. »Willst du einen alten Krüppel umschmeißen? Ich könnte nicht mehr aufstehen, wenn ich erst auf dem Boden läge.«

»Vergebt, Bürger«, erwiderte sie. Weiter vorne sah sie, wie das Gedränge noch schlimmer wurde, die Leute mußten sich durch einen engen Durchgang zwängen. Sie bewegten sich mehr oder weniger in einer Reihe. »Geht Ihr zum Sklavenmarkt?«

»Sklavenmarkt? Sklavenmarkt! Heute findet keiner statt, Fremde. Die Schausteller kommen in die Stadt!«

»Was ist das?«

»Ein Zirkus! Hast du noch nie davon gehört? Na, mach dir nichts draus, die Hälfte der Leute hier kennt es auch nicht. Zweimal zwölf Jahre sind vergangen, seit der letzte hier war. Jetzt, wo der Prinz Statthalter ist, werden wir so etwas öfter sehen, zweifellos. Sie kommen, um sich über den Prinzen hier den Weg in die Hauptstadt zum Kaiser zu ebnen.«

»Aber jetzt weiß ich noch immer nicht, was ein Zirkus ist.«

Der alte Mann wies mit dem Finger.

Hinter der hohen Mauer, die den Hof des Statthalterpalastes umgab, sah man eine große Plane, die eben noch schlaff an einem Mast hing, sich ausbreiten – wie ein riesiger Pilz, dachte Wess. Halteseile spannten sich und formten aus dem Stoff ein gewaltiges Zelt.

»Dort drinnen, fremdes Kind, ist – Magie! Seltsame Tiere, springende Pferde, hübsche Mädchen mit Federn geschmückt, die auf ihren Rücken tanzen. Gaukler, Clowns, Tänzer auf Seilen, hoch in der Luft und – die Mißgeburten!« Er kicherte. »Die mag ich am liebsten. In dem letzten Zirkus, den ich sah, hatten sie ein Schaf mit zwei Köpfen und einen Mann mit zwei – aber das erzählt man keinem jungen Mädchen, es sei denn, man fickt sie gerade.« Er streckte seine Hand aus und wollte Wess kneifen. Wess zuckte zurück und zog ihr Messer. »Ruhig, Mädchen, nichts für ungut«, sagte der alte Mann überrascht. Sie ließ die Klinge in die Hülle zurückgleiten. Der Alte lachte wieder. »Dieser Zirkus hat auch ein Geheimnis – extra für den Prinzen. Sie verraten nicht, was es ist. Aber es ist bestimmt sehenswert.«

»Hab Dank, Bürger«, erwiderte Wess kühl und kehrte zu ihren Freunden zurück. Der Zerlumpte wurde von der Menge mitgerissen.

Wess fiel Aeries Blick auf. »Hast du gehört?«

Aerie nickte. »Sie haben ihn. Was sonst könnte das große Geheimnis sein?«

»In *diesem* gottverlassenen Ort mag schon ein Troll oder ein armer Salamander, den sie überwältigt haben, als Wunder gelten«, spottete sie, denn Trolle waren die sanftesten Geschöpfe, und Wess hatte sich oft genug auf die Zehenspitzen gestellt, um einem Salamander, der auf dem Hügel lebte, auf dem sie zu jagen pflegte, das Kinn zu kraulen. Er war völlig zahm, Wess tötete nie Salamander. Die Haut war zu dünn, um von Nutzen zu sein, und keiner ihrer Familie mochte Echsenfleisch. Abgesehen davon war schon eine einzige Keule eines ausgewachsenen Salamanders zu schwer für eine Person, und Wess ließ ihre Beute nicht gerne verkommen. »Vielleicht haben sie eine geflügelte Schlange in einer Schachtel und nennen das ein Geheimnis.«

»Wess, das Geheimnis ist Satan. Das steht fest«, unterbrach Quartz. »Wir müssen uns jetzt Gedanken machen, wie wir ihn befreien.«

»Natürlich, du hast recht«, antwortete Wess.

Am Tor starrten zwei stattliche Wächter finster auf den Pöbel, der auf den Paradeplatz strömte. Vor einem der beiden hielt Wess an.

»Ich möchte den Prinzen sprechen«, sagte sie.

»Der Prinz hält erst nächste Woche wieder Hof«, erwiderte der Wächter schroff und musterte sie.

»Ich muß ihn sehen, bevor der Zirkus beginnt.«

Der Wächter wirkte belustigt. »So, müßt Ihr das? Da habt Ihr aber leider Pech gehabt. Er ist nicht hier und wird auch nicht zurück sein, ehe die Parade beginnt.«

»Wo ist er?« fragte Chan.

Sie hörte das unwillige Gebrumme der Menge, die sich hinter ihnen staute.

»Staatsgeheimnis«, gab die Wache zurück. »Geht jetzt weiter, und macht den Weg frei.«

Sie gingen.

Augenblicklich ließ das Gedränge nach, denn der Paradeplatz war riesig. Sogar das Zelt wirkte hier klein. Der Palast ragte wie eine Klippe auf. Wenn auch nicht ganz Freistatt anwesend war, so war doch jede Bevölkerungsgruppe großzügig vertreten. Verschiedene Händler hatten ihre Stände errichtet: Hier gab es Schmuck zu kaufen, dort Früchte, und weiter hinten Backwerk; ein Bettler schlurfte langsam seines Wegs, einige Schritte weiter promenierten lachend noble Herrschaften in Satin, Fell und Gold unter Sonnendächern, die von nackten Sklaven getragen wurden. Die spärlichen Strahlen der Herbstsonne hatten gewiß nicht die Kraft, der zarten Haut der Adligen zu schaden; ebensowenig vermochten sie die Rücken der sich abmühenden Sklaven zu wärmen.

Quartz sah sich um, dann deutete sie über die Köpfe der Menge. »Sie stecken einen Weg mit Seilen und Pflöcken ab. Die Parade wird durch dieses Tor, und von dieser Seite ins Zelt ziehen.« Ihre Hand beschrieb einen Bogen von rechts nach links, von Ost nach West, ausgehend vom Haupttor. Das Zirkuszelt stand zwischen dem Sklavenmarkt und der Kaserne der Wachen.

Sie versuchten, das Zelt zu umrunden, aber der Platz dahinter war mit Seilbarrieren versperrt. Am Zelteingang stauten sich die Schaulustigen, und einige zwängten sich bereits zurück.

»Wir kommen nicht mehr hinein«, stellte Aerie fest.

»Das ist vielleicht gut so«, entgegnete Chan. »Schließlich müssen wir nicht zu Satan hinein – sondern wir sollten ihn herausbekommen.«

Die Schatten über dem Paradeplatz wurden länger. Wess saß bewegungslos und schweigend und wartete. Chan kaute nervös an den Fingernägeln. Aerie kauerte in ihren Umhang gehüllt am Boden; sie hatte die Kapuze tief ins Gesicht gezogen. Quartz betrachtete sie besorgt und spielte unruhig mit dem Griff ihres Schwertes.

Nachdem ihnen erneut eine Audienz verwehrt worden war, diesmal an den Palasttoren, hatten sie sich einen Platz nahe der abgegrenzten Straße gesichert. Gegenüber, hinter der zweiten Absperrung, stellte eine Arbeitsmannschaft gerade eine Plattform fertig. Als das geschehen war, huschten Diener aus dem Palast mit Teppichen, seidengesäumten Baldachinen, Stühlen und Kohlebecken. Wess hätte auch gerne ein solches Kohlebecken in ihrer Nähe gehabt, denn als die Sonne unterging, wurde es empfindlich kälter.

Die Menge wuchs weiter an, rückte näher zusammen, und wurde nach und nach immer betrunkener. Vor dem Zelt brachen Prügeleien aus, als die Leute erkannten, daß sie nicht ins Innere gelangen würden. Die Laune verschlechterte sich merklich, bis Ausrufer, die sich mit Glocken Gehör verschafften, verkündeten, daß der Zirkus eine weitere Vorstellung geben werde – mehrere Vorstellungen, bis alle Bürger Freistatts die Gelegenheit hatten, die Wunder des Zirkus zu bestaunen. Und das Geheimnis! Natürlich, das Geheimnis. Niemand deutete auch nur an, worum es sich dabei handelte.

Wess zog ihren Mantel enger um sich. Sie kannte das Geheimnis und hoffte, daß das Geheimnis seine Freunde erkennen, und bereit sein würde, für was auch immer.

Die Sonnenstrahlen berührten nur mehr die Spitzen der hohen Mauern des Vashankaplatzes. Bald würde es dunkel sein.

Trompeten und Zimbeln! Wess blickte zum Haupttor, mußte jedoch feststellen, daß alle Bürger Freistatts um sie herum ebenfalls versuchten, einen Blick auf den Palasteingang zu erhaschen. Die gewaltigen Tore schwangen auf, und eine Phalanx Wachen marschierte auf, gefolgt von einer Gruppe Edler, juwelengeschmückt und in Goldtuch gewandet. Sie schritten über den festgestampften Boden des Platzes. Der junge Mann an der Spitze der Gruppe, auf dessen Kopf eine kleine Krone ruhte, nahm die Rufe des Volkes anerkennend entgegen, als wären es alles Huldigungen – das aber, stellte Wess fest, war nicht unbedingt der Fall. Aber der all das Gebrummel und die

Beschwerden beherrschende Ruf war: »Der Prinz! Lang lebe der Prinz!«

Die Phalanx marschierte geradewegs vom Palast auf die neu errichtete Plattform zu. Jeder, der noch im Weg saß, suchte rasch seine Habseligkeiten zusammen und machte sich aus dem Staub. Die Saumseligen räumten den Pfad wie fließendes Wasser, das einen im Weg liegenden Stein umspülen mußte.

Wess erhob sich, um den Prinzen mit einem Sprint erreichen zu können.

»Hinsetzen!«

»Weg da!«

Jemand warf einen angebissenen Apfel nach ihr. Sie wehrte ihn ab und hockte sich nieder, jedoch nicht wegen der Rufe oder des fliegenden Abfalls. Aerie hatte sich mit derselben Absicht erhoben. Wess zupfte sie am Ellenbogen.

»Schau«, forderte sie sie auf.

Jeder innerhalb der Reichweite der Prozession schien dieselbe Idee gehabt zu haben. Die Leute drängten sich um die Gruppe, und jeder versuchte, Aufmerksamkeit zu erregen. Der Prinz warf eine Handvoll Münzen unter die Leute, was ihm zumindest die Bettler vom Leib hielt. Andere jedoch bedrängten ihn weiter. Die Wachen nahmen ihn in die Mitte, so daß kaum mehr etwas von ihm zu sehen war, und wehrten die Bürger mit der Längsseite ihrer Speere ab.

Das dichte Spalier teilte sich, und der Prinz bestieg die Plattform. Dort stand er allein, drehte sich um sich selber und grüßte in die Menge.

»Meine Freunde!« rief er. »Ich weiß, daß ihr Anliegen habt. Mir ist das Wohl eines jeden wichtig.«

Wess grunzte.

»Heute jedoch ist es uns vergönnt, ein Wunder zu

bestaunen, wie es das Kaiserreich nie zuvor gesehen hat. Vergeßt eure Sorgen heute nacht, meine Freunde, und genießt mit mir das Schauspiel.« Er streckte eine Hand aus, und einer seiner Begleiter trat zu ihm auf die Plattform.

Bauchle Meyns.

»In ein paar Tagen wird Bauchle Meyns und seine Truppe nach Ranke reisen, um meinen Bruder, den Kaiser, zu unterhalten.«

Wess und Quartz starrten einander fassungslos an. Chan murmelte einen Fluch. Aerie stand völlig starr, und Wess hielt ihren Arm. Alle zogen sie ihre Kapuzen tief ins Gesicht.

»Bauchle geht mit meinem Einverständnis und meinem Siegel.« Der Prinz hielt eine Pergamentrolle hoch, die mit scharlachfarbenen Bändern und einem ebenholzfarbenen Siegel versehen war.

Der Prinz setzte sich, und Bauchle Meyns nahm den Ehrenplatz an seiner Seite ein. Der Rest der fürstlichen Gefolgschaft setzte sich auf die verbliebenen Plätze rundum, und die Parade begann.

Wess und ihre Freunde rückten näher zusammen, keiner sprach.

Vom Prinzen war also keine Hilfe zu erwarten.

Zum Klang von Flöten und Trommeln öffnete sich das Haupttor. Die Musik erklang weiter, und zunächst geschah nichts. Bauchle Meyns wirkte nervös. Dann stolperte eine Gestalt auf den Weg, als wäre sie gestoßen worden. Der skelettdürre Mann fand sein Gleichgewicht wieder, richtete sich auf und blickte um sich. Er ließ seinen langen Umhang von den Schultern gleiten und stand nun in einem sternenbesetzten Gewand auf dem Pfad. Dann machte er einige unsichere Schritte.

Am ersten Holzpfosten der Seilabsperrung hielt er

an. Zögernd deutete er darauf und sprach ein kehliges Wort.

Der Pfosten spie Flammen!

Die Leute in der Nähe wichen schreiend zurück, und der Zauberer taumelte weiter den Pfad entlang, wobei er mit der Hand auf alle Pfosten zeigte, an denen er vorbeikam.

Das milchigweiße Leuchten verschmolz miteinander und erhellte den Weg. Wess erkannte, daß die Pfosten nicht wirklich brannten. Als der Pfahl vor ihr zu leuchten begann, streckte sie ihre Hand danach aus. Als sie keine Hitze spürte, berührte sie den Pfosten zunächst behutsam, dann packte sie ihn. Er war nicht warm, und das grob zurechtgehauene Holz kam wieder zum Vorschein.

Sie dachte an Lythandes Worte, wonach sie Talent zum Magier hatte, und fragte sich, ob sie auch so etwas zuwege brächte. Es war ein nützlicher Trick, jedoch nicht wirklich wichtig. Sie hatte auch kein Stück Holz, an dem sie es hätte versuchen können, außerdem wußte sie ohnehin nicht, wie sie vorzugehen hätte. Sie zuckte die Achseln und ließ den Pfahl los. Ihr Handabdruck – sie blinzelte. Nein, es war eine Täuschung, die Stelle, welche sie berührt hatte, war nicht heller.

Der Zauberer stand nun mit ausdruckslosem Gesicht vor der Plattform des Prinzen. Bauchle Meyns beugte sich weit vor und starrte ihn an. Er hatte offensichtlich Probleme, hielt aber seinen Ärger, wenn auch mit Mühe, im Zaum. Der Zauberer blickte ihn an. Wess sah, wie Bauchle Meyns' Finger sich um eine rote Kette schlossen. Er drehte sie. Wess schnappte nach Luft. Der Zauberer kreischte und warf die Arme hoch. Bauchle Meyns ließ den Talisman langsam wieder los, und der Zauberer ließ die

Arme sinken. Er zitterte. Auch Wess bebte. Sie fühlte sich, als hätte die Kette ihren Körper gepeitscht.

Zitternd bewegten sich die Hände des Zauberers wieder. Die Plattform des Prinzen, die Holzteile der Stühle, die Stützen der Vordächer, alles sprühte nun von dem glänzenden Schein. Die Wachen stürzten verwirrt vor, aber der Prinz schickte sie mit einer Handbewegung auf ihren Platz zurück. Er saß ruhig da und lächelte, seine Arme ruhten auf den grell leuchtenden Lehnen des Throns. Schattengleiche Flammen spielten um seine Finger, und aus der Plattform zu seinen Füßen sprühte grelles Licht. Bauchle Meyns lehnte sich zufrieden zurück und nickte dem Zauberer zu. Die Edlen auf der Plattform standen verwirrt, überflutet von dem Licht, das den Planken zwischen den buntgemusterten Teppichen entsprang.

Der Zauberer stolperte vorwärts und entzündete die restlichen Pfosten. Schließlich verschwand er im Dunkel des Zeltes, dessen Stützpfosten in unheimlichem Licht zu glühen begannen. Gleichzeitig fingen auch die Abgrenzungsseile, die Teppiche auf der Plattform, der Baldachin über dem Prinzen und die Leinwand des Zeltes sanft zu glühen an.

Der Prinz applaudierte, nickte und lächelte Bauchle Meyns zu, und das Volk folgte seinem Beispiel.

Mit einem schrillen Schrei kündigte ein Gaukler seinen Auftritt an, er purzelte durch das Haupttor und sprang, Saltos schlagend den Pfad entlang. Ihm folgten drei Flötenspieler, Trommler und drei Ponies mit schmuddeligen Federn am Zaumzeug. Auf ihnen ritten drei Kinder in flitterbesetzten kurzen Höschen.

Das erste Mädchen richtete sich auf und balancierte auf der Kuppe ihres Reittieres, die beiden anderen machten einen Schulterstand auf dem Widerrist der Ponies. Wess, die noch nie auf einem Pferd gesessen hatte, erschien das nicht geheuer; sie klatschte Beifall. Andere Zuschauer applaudierten ebenfalls, der Prinz klatschte geziert. Aber ein großer grauhaariger Mann lachte spöttisch und brüllte: »Zeigt uns mehr!« Darauf stimmten die meisten der Zuschauer ein spottendes Gejaule und Gelächter an. Das stehende Kind auf dem ersten Pony blickte starr nach vorne. Wess preßte die Zähne zusammen, sie ärgerte sich über die Leute, bewunderte aber die würdevolle Haltung des Kindes. Quartz' ältestes Kind war etwa im selben Alter. Wess nahm ihre Hand, und Quartz drückte sie dankbar.

Ein von Ochsen gezogener Käfig rollte durch das finstere Tor. Wess hielt den Atem an. Die Ochsen zogen den Käfig ins Licht. Darin kauerte ein älterer Troll auf einem Haufen schmutzigem Stroh. Ein Junge neckte ihn mit einem Stock, als der Käfig am Prinzen vorbeirollte. Der Troll fuhr hoch und fluchte schrill und verärgert.

»Ihr unzivilisierten Barbaren! Du Prinz – Prinz von Würmern, was sage ich! Von Maden! Dein Penis soll wachsen, bis niemand dich mehr will! Die Vagina deiner besten Freundin soll sich verknoten, wenn du gerade drinnen steckst! Dein Gehirn soll sich voll Wasser saugen und deine Blase voll Sand!«

Wess fühlte, daß sie rot wurde; nie zuvor hatte sie einen Troll derartig reden hören. Gewöhnlich waren sie die kultiviertesten Geschöpfe des Waldes, und die einzige Gefahr, die von ihnen ausging, war die, daß man, ehe man sich recht versah, einen ganzen Nachmittag lang einen Vortrag über die verschiedenen Formen von Wolken anhören mußte, oder über die Wirkung des einen oder anderen Baumschwamms. Wess blickte um sich, sie fürchtete, man würde an dem, was der Troll dem Prinzen an den Kopf geworfen hatte, Anstoß nehmen. Dann aber besann sie sich, daß er ja in der »Sprache« redete, in der wahren Sprache der intelligenten Wesen, die hier, außer ihr und ihren Freunden, niemand verstand.

»Frejôjan!« rief sie, einem inneren Antrieb folgend. »Heute nacht – sei bereit – vielleicht kann ich ...«

Er zögerte mitten in einem Luftsprung, stolperte, fing sich aber wieder, hüpfte herum und stieß unsinnige Geräusche aus, bis er sie erblickte. Sie zog ihre Kapuze zurück, damit er sie erkennen konnte. Dann verbarg sie ihr Gesicht wieder, denn auch Bauchle Meyns konnte ja von der anderen Seite des Pfades einen Blick in ihre Richtung werfen.

Das fusselige graugoldene Geschöpf packte die Gitter des Käfigs, starrte hinaus, und stieß schreckliche Geräusche aus, als Antwort auf die Jubelrufe der Menge. Aber zwischen dem Gekreische und Geschnatter sagte er: »Ich warte ...«

Als er an ihnen vorbeigezogen war, begann er zu wimmern.

»Wess ...«, zischte Chan.

»Wie konnte ich ihn vorbeiziehen lassen, ohne ihn anzusprechen?«

»Er ist doch kein Freund«, sagte Aerie.

»Er ist gefangen, wie Satan!« Wess blickte von Aeries Gesicht zu Chans und sah, daß keiner von beiden verstand.

»Quartz ...?«

Quartz nickte. »Ja, du hast recht. Ein zivilisiertes Wesen hat hier nichts verloren.«

»Wie willst du ihn finden? Und wie ihn befreien? Wir wissen noch nicht einmal, wie wir Satan helfen können! Er wird Hilfe brauchen!«

»Vielleicht brauchen wir Hilfe?«

Aerie wandte Wess den Rücken zu und starrte mit leerem Blick auf die Parade. Sie ließ nicht einmal zu, daß Quartz ihr liebevoll die Hand auf die Schulter legte.

Jetzt war jedoch nicht die rechte Zeit zum Streiten. Sechs Bogenschützen stapften durch das Tor. Ein Wagen folgte. Es war ein mit Vorhängen verhüllter Plattformwagen, den zwei scheckige Pferde zogen, eines davon hatte ein wild funkelndes blaues Auge. Sechs weitere Bogenschützen folgten. Ein aufgeregtes Raunen ging durch die Menge, und Rufe wurden laut. »Das Geheimnis, zeigt uns das Geheimnis!«

Der Kutscher ließ die Zugpferde vor der Loge des Prinzen anhalten. Bauchle Meyns kletterte ungelenk auf den Wagen.

»Mein Herrscher!« rief er. »Ich enthülle nun das Geheimnis – einen Mythos!« Er riß an einem Strick, und die Vorhänge fielen.

Auf der Plattform stand Satan, den Kopf erhoben starrte er bewegungslos ins Nichts. Aerie stöhnte auf. Wess spannte ihre Muskeln, sie wollte über die glühenden Seile springen, mit dem Messer um sich stechen, vor aller Augen, ungeachtet der Folgen. Sie verfluchte, daß sie so schwach war, und verwünschte ihre Dummheit am Morgen. Nun fehlte ihr der Wille zum Angriff, sonst hätte sie Bauchle Meyns den Leib aufgeschlitzt.

Sie hatten Satan nicht brechen können. Eher stürbe er, bevor er seinen Stolz aufgab. Aber er war angekettet und nackt. Silbergraue Striemen durchzogen das rotgoldene Fell seiner Schultern. Sie hatten ihn geschlagen! Wess ballte die Hand um den Schwertgriff.

Bauchle Meyns griff nach einer langen Stange. Er war klug genug, Satans Krallen nicht zu nahe zu kommen.

»Zeig dich!« brüllte er.

Satan sprach die Handelssprache nicht, aber

Bauchle Meyns machte mit dem Ende der Stange seine Wünsche deutlich genug. Satan starrte ihn an, ohne sich zu bewegen, bis der junge Mann aufhörte nach ihm zu stoßen, und, als erahne er vage die Würde seines Gefangenen, einen Schritt zurück machte. Satan sah sich um, seine großen Augen spiegelten wie Katzenaugen das Licht. Die schweren Ketten klirrten und rasselten, als er sich bewegte.

Er hob die Arme, öffnete die Hände und spreizte die Finger. Dann breitete er seine gewaltigen roten Flügel aus. Das magische Licht glühte durch das feine Netzwerk. Es schien, als ginge er in Flammen auf.

Der Prinz betrachtete ihn mit stiller Zufriedenheit, als die Menge vor Begeisterung und Verwunderung aufbrüllte.

»Drinnen«, sagte Bauchle Meyns, »wird er fliegen, wenn ich ihn losbinde.«

Eines der Pferde bäumte sich auf, als Satans Flügelspitze es berührte. Der Wagen ruckte vorwärts. Der Kutscher riß am Zügel, bis blutiger Schaum aus dem Maul des Tieres troff. Bauchle Meyns, der das Gleichgewicht verloren hatte, stolperte zu Boden. Sein Gesicht verriet, daß er Schmerzen hatte, worüber Wess sich nicht wenig freute. Satan zuckte kaum. Muskeln spannten sich unter seinem Rückenfell, als er sich mit seinen Flügeln ausbalancierte.

Aerie stieß einen scharfen Ton aus, den das menschliche Ohr kaum vernehmen konnte. Aber Satan hörte ihn. Er zuckte jedoch nicht zusammen, wie es der Troll getan hatte. Er hörte. Im grellen weißen Zauberlicht sah Wess, wie sich die Haare seiner Schultern aufstellten. Er antwortete der Geliebten mit demselben Ruf. Dann faltete er die Flügelfinger wieder in eine Linie mit den ausgestreckten Armen. Das Netzwerk zitterte und glühte.

Der Kutscher trat das Pferd, und der Wagen holperte vorwärts. Für die Leute vor dem Zelt war das Schauspiel beendet.

Der Prinz stieg von der Plattform. An Bauchle Meyns' Seite, gefolgt von seinem Hofstaat, begab er sich in das Zirkuszelt.

Die vier Freunde rückten dicht zusammen, als die Menge sich um sie herum in Bewegung setzte. Wess überlegte; drinnen ließen sie ihn fliegen! Er war dann frei – sie sah Aerie an. »Kannst du auf dem Dach landen? Und von dort aus wieder losfliegen?«

Aerie betrachtete die schräge Zeltleinwand. »Sicher«, erwiderte sie.

Der Platz hinter dem Zelt war mit Fackeln beleuchtet, nicht mit dem Zauberlicht. Wess lehnte gegen die Mauer des Platzes und betrachtete das geschäftige, verwirrende Treiben der Truppe, sie lauschte dem Applaus und dem Gelächter der Zuschauer. Die Vorstellung dauerte nun schon geraume Zeit; die meisten Leute, die keinen Platz mehr im Zelt bekommen hatten, waren gegangen. Einige Zirkusarbeiter behielten gelangweilt den Platz um die Seilbarrieren im Auge. Wess aber wußte, daß sie ungesehen hindurchschlüpfen konnte, wann immer sie wollte.

Nur um Aerie machte sie sich Sorgen. Wenn der Plan erst in die Tat umgesetzt wurde, schwebte sie in großer Gefahr. Der Himmel war klar und der zunehmende Mond spendete großzügig Licht. Wenn sie auf dem Zelt landete, gab sie ein gutes Ziel für die Bogenschützen ab. Satan war noch gefährdeter. Es oblag Wess, Quartz und Chan, Verwirrung zu stiften und die Bogenschützen abzulenken, um sie am Schießen zu hindern.

Wess fieberte danach endlich zu handeln.

Sie schlüpfte unter dem Seil hindurch und schlenderte durch die Schatten, als gehöre sie zur Truppe. Satans Wagen stand am Zelteingang der Schausteller, aber Wess näherte sich ihm nicht. Ohne auf sie zu achten, trotteten die Kinder auf ihren Ponies vorbei. Im Fackelschein sah sie, wie dünn, müde und wie jung die Kinder waren und wie dürr, müde und alt die Ponies.

Wess glitt hinter die Reihe der Tierkäfige. Der Zirkus hatte tatsächlich einen Salamander, aber einen bemitleidenswert hungrig aussehenden, der halb so groß war wie die Ponies. Wess knackte das Schloß seines Käfigs. Als Werkzeug hatte sie nur ihr Messer, was der Klinge nicht gerade gut bekam. Sie brach auch die Schlösser der anderen Tierkäfige auf, ließ aber den halbwüchsigen Wolf und den Zwergelefanten noch nicht frei. Schließlich kam sie zu dem Troll.

»Frejôjan«, flüsterte sie. »Ich bin hinter dir.«

»Ich höre dich, Frejôjan.« Der Troll trat auf sie zu und verbeugte sich. »Ich bedauere meinen ungepflegten Zustand, Frejôjan, aber als sie mich fingen, hatte ich nicht einmal eine Bürste bei mir.« Sein goldgraues Fell war arg verfilzt. Er streckte die Hand durchs Gitter, und Wess schüttelte sie.

»Ich bin Wess«, sagte sie.

»Aristarchus«, stellte er sich vor. »Du sprichst mit demselben Akzent wie Satan, kommst du, um ihn zu befreien?«

Sie nickte. »Ich werde das Schloß von deinem Käfig aufbrechen«, sagte sie. »Ich muß näher am Zelt sein, wenn sie ihn fliegen lassen. Es ist besser, wenn sie vorher nicht merken, daß etwas nicht in Ordnung ist ...«

Aristarchus nickte. »Ich werde nicht fliehen, ehe ich weiß, daß ich damit deinen Plan nicht gefährde.«

Wess deutete auf die Reihe der Käfige. »Könntest du – bringt es dich in Gefahr die Tiere freizulassen?«

Er war alt, und sie wußte nicht, ob er sich schnell genug bewegen konnte.

Er kicherte. »Wir Tiere haben uns untereinander recht gut angefreundet«, erklärte er. »Obwohl der Salamander ein wenig zickig ist.«

Wess brach mit dem Messer das Schloß auf. Aristarchus riß es von der Tür und schmiß es in das Stroh. Er lächelte.

»Meine Laune ist in diesen schlechten Tagen nicht die beste.«

Wess griff noch einmal durchs Gitter und drückte seine Hand. Nahe dem Zelt wendeten die gescheckten Pferde Satans Wagen. Bauchle Meyns brüllte nervös Anweisungen. Aristarchus sah zu Satan hinüber.

»Es ist gut, daß du kommst«, stellte er fest. »Ich überredete ihn, wenigstens eine Zeitlang mitzumachen, aber es fällt ihm nicht leicht. Wenn er sie erst genug gereizt hat, vergessen sie vielleicht, wie wertvoll er ihnen ist.«

Wess nickte und dachte an die Peitschenstriemen.

»Ich muß eilen«, sagte sie.

»Das Glück sei mit dir.«

Sie näherte sich dem Zelt so gut es ging, konnte aber nicht hineinsehen. Sie mußte sich anhand der lautstarken Reaktion der Zuschauer ein Bild machen, was im Inneren vor sich ging. Der Kutscher lenkte die Pferde einmal um den Ring. Jemand kroch unter den Wagen und löste Satans Fußfesseln – außerhalb der Reichweite seiner Krallen. Und dann ...

Dann hörte sie das Aufatmen, das unwillkürliche Schnappen nach Luft, als Satan die Flügel ausbreitete und flog.

Über dem Zelt erkannte Wess Aeries Silhouette. Sie warf den Mantel zurück und winkte, ihr ein Zeichen gebend, hoch. Aerie tauchte hinunter auf das Zelt und landete.

Wess zog ihr Messer und sägte damit an einem Haltetau. Sie hatte die Schneide weitgehend geschont, so daß es noch recht gut schnitt. Als sie zum nächsten Tau huschte, hörte sie an den Geräuschen aus dem Zelt, daß die Leute allmählich merkten, daß etwas nicht in Ordnung war. Quartz und Chan waren also auch nicht müßig. Wess schnitt am zweiten Tau. Als das Zelt begann, zusammenzusakken, hörte sie, wie oben am Zeltdach die Leinwand aufgerissen wurde. Aerie benutzte ihre Krallen. Wess durchschnitt ein drittes Tau und ein viertes. Die leichte Abendbrise drückte den lockeren Stoff zusammen. Die Leinwand peitschte und heulte wie ein Segel. Wess hörte Bauchle Meyns brüllen: »Die Seile! An die Seile, sie reißen!«

Von drei Seiten stürzte das Zelt ein. Die Menschen im Inneren begannen zu schreien und zu brüllen und versuchten, ins Freie zu gelangen. Ein paar stürzten auf den Paradeplatz, alle anderen drängten auf die verbleibende schmale Öffnung zu. Der Schrei eines verängstigten Pferdes übertönte die Geräusche der Menge, und aus der Verwirrung wurde Panik. Die scheckigen Pferde stieben durch das Gewühl und zermalmten die Menschen in ihrem Weg. Satans leerer Wagen schlingerte und holperte hinterdrein. Mehr verängstigte Menschen quollen aus dem Zelt. Die Wachen kämpften gegen den Menschenstrom, um in das Zelt zu ihrem Prinzen zu gelangen.

Wess sah sich um und suchte nach Chan und Quartz, plötzlich erstarrte sie vor Schreck. Im Schatten hinter dem Zelt erkannte sie Bauchle Meyns, der einen liegengelassenen Bogen aufhob. Er achtete gar nicht auf das Chaos, sondern zielte mit einem Pfeil mit Stahlspitze nach oben. Wess sprintete, stieß ihn mit der Schulter an und brachte ihn so aus dem Gleichgewicht. Die Bogensehne sirrte, der Pfeil torkelte nach oben, drehte sich, fiel, und grub sich in die lockere Leinwand.

Bauchle Meyns sprang hoch, sein Gesicht war dunkelrot vor Wut.

»Du kleine Hure!« Er sprang sie an, packte sie und schlug ihr mit dem Handrücken ins Gesicht. »Du hast mich aus reiner Boshaftigkeit ruiniert.«

Der Schlag streckte sie nieder. Diesmal spottete Bauchle Meyns nicht. Halb blind stolperte sie weg von ihm. Sie hörte seine Schritte näher kommen, er trat ihr in die Rippen. Sie hörte den Knochen krachen. Sie zog ihr Messer, aber es blieb, durch die schlechte Behandlung rauh geworden, an der Hülle hängen. Die Welt verschwamm vor ihren Augen, und sie bekam kaum Luft. Sie zerrte an ihrem Messer, Bauchle Meyns kam näher und trat sie erneut.

»Diesmal entkommst du mir nicht, Hure!« Er ließ Wess auf Hände und Knie kommen. »Lauf weg!« Er kam näher.

Wess stürzte vor und umklammerte seine Beine. Blind vor Wut vergaß sie ihren Schmerz. Er schrie, als er fiel. Einen Angriff hatte er nicht erwartet. Wess kämpfte sich auf die Füße. Schließlich bekam sie ihr Messer frei, gerade als Bauchle sich erneut auf sie stürzte. Sie jagte ihm die Klinge in den Magen und riß sie hoch bis zum Herz.

Sie wußte, wie man tötet, aber das war der erste Mensch, der durch ihre Hand starb. Vom Blut ihrer Beute besudelt zu werden, war für sie nichts Neues, aber es war nie das Blut ihrer eigenen Rasse gewesen. Sie hatte Geschöpfe durch ihre Hand sterben sehen, aber nie zuvor ein Wesen, das wußte, was sterben bedeutete.

Sein Herz pumpte noch Blut um die Klinge, und seine Hände versuchten kraftlos, die ihren wegzustoßen, als er auf die Knie fiel; er zuckte, fiel vornüber, krümmte sich und starb.

Sie riß ihr Messer aus seinem Körper. Erneut vernahm sie die Schreie der verängstigten Pferde, die Flüche wütender Männer und das Heulen des halb verhungerten Wolfswelpen.

Das Zelt schimmerte im Zauberlicht.

Ich wollte, es wären Fackeln, dachte sie. Sie könnten dich verbrennen, das würdest du verdienen.

Aber da war kein Feuer, nichts brannte, sogar das magische Licht verblaßte.

Wess sah in den Himmel auf. Mit dem Ärmel wischte sie sich die Tränen aus den Augen.

Die beiden Fliegenden schwebten vor der Sichel des zunehmenden Mondes – frei!

Und jetzt ...

Von Quartz und Chan war nichts zu sehen. Um sie herum kämpften Menschen aus Freistatt gegeneinander, und weitere Wachen kamen, um ihren Herrn zu beschützen. Der Salamander schleppte sich vorbei und zischte vor Furcht.

Pferdehufe stürmten auf sie zu, sie fuhr herum, aus Angst, niedergetrampelt zu werden. Aristarchus hielt an; er warf ihr die Zügel des freien Pferdes zu. Es war der Schecke von Satans Wagen, der mit dem wilden blauen Auge. Er witterte das Blut und bäumte sich auf. Sie erwischte die Zügel. Das Pferd stieg jedoch erneut und riß sie von den Füßen. Die gebrochene Rippe schmerzte höllisch; sie schnappte nach Luft.

»Steig auf!« rief Aristarchus. »Von unten bekommst du ihn nicht unter Kontrolle!«

»Ich weiß nicht wie ...« Das Sprechen verursachte ihr große Schmerzen.

»Greif nach seiner Mähne und spring! Halt dich mit den Knien fest.«

Sie tat, was er ihr geraten hatte, und fand sich auf dem Rücken des Pferdes wieder; fast wäre sie auf der anderen Seite hinuntergerutscht. Mit den Knien klammerte sie sich fest, und das Tier sprang vorwärts. Beide Zügel hingen auf einer Seite – Wess wußte, daß das so nicht stimmen konnte. Sie zog daran, der Schecke drehte sich im Kreis und warf sie beinahe wieder ab. Aristarchus lenkte sein Pferd an ihre Seite und griff nach den Zügeln. Das Tier stand zitternd, mit gespreizten Beinen und bebenden Nüstern. Wess hatte sich angstvoll an seine Mähne geklammert. Die gebrochene Rippe schmerzte so sehr, daß sie fast die Besinnung verlor.

Aristarchus beugte sich vor, blies sanft in die Nüstern des Pferdes und sprach leise zu ihm. Wess konnte die Worte nicht verstehen. Behutsam brachte der Troll die Zügel in Ordnung. Das Pferd entspannte sich allmählich und stellte die Ohren wieder auf.

»Zieh nur sanft an den Zügeln, Frejôjan«, riet der Troll. »Er ist in Ordnung, nur ein wenig verängstigt.«

»Ich muß meine Freunde finden«, sagte Wess.

»Wo wolltet ihr euch treffen?«

Aristarchus' sanfte Stimme half ihr, sich zu beruhigen.

»Dort drüben.« Sie deutete auf einen finsteren Winkel hinter dem Zelt. Aristarchus setzte die Pferde in die angegebene Richtung in Bewegung. Den Zügel von Wess' Pferd hielt er noch immer in der Hand. Elegant stiegen die Tiere über zerbrochene Trümmer und verstreut herumliegende Kleidung.

In dem Moment liefen Quartz und Chan aus dem Schatten des Zeltes. Quartz lachte. Durch das Chaos erblickte sie Wess und machte Chan auf sie aufmerksam. Sie rannten ihr entgegen.

»Hast du sie fliegen sehen?« fragte Quartz. »Sie waren schneller als Adler.«

»Hoffentlich waren sie auch schneller als Pfeile«, bemerkte Aristarchus trocken. »Schick dich, Große, sitz bei mir auf, und du«, er wies auf Chan, »bei Wess.«

Sie gehorchten. Quartz gab dem Pferd die Sporen, und es machte einen Satz nach vorne, aber Aristarchus zügelte es.

»Langsam, Kinder«, sagte er. »Langsam, in der Dunkelheit wird uns keiner bemerken.«

Zu Wess' Überraschung behielt er recht.

In der Stadt hielten sie die Pferde in Gang, und Quartz verbarg den Troll unter ihrem Umhang. Der Tumult lag hinter ihnen, und niemand verfolgte sie. Wess klammerte sich an die Mähne ihres Reittieres; es war kein gutes Gefühl, so hoch über dem Boden zu sitzen.

Der direkte Weg aus der Stadt heraus führte nicht am Einhorn vorbei, nicht einmal durchs Labyrinth, aber sie entschlossen sich, noch einmal dorthin zurückzukehren. Es war ein zu großes Risiko, den Heimweg durch die Berge im Spätherbst ungerüstet anzutreten. Sie näherten sich dem Einhorn durch kleine Gassen; kaum jemand begegnete ihnen. Zweifellos war die gefragteste Unterhaltung des heutigen Abends zuzuschauen, wie der Prinz sich aus dem eingestürzten Zelt befreite. Wess hätte den Anblick selbst nicht verschmäht.

Sie ließen die Pferde bei Aristarchus im Schatten zurück, schlichen die Treppe zu ihrem Zimmer hinauf und packten ihre Sachen zusammen.

»Der junge Herr und seine Damen. Guten Abend.«

Wess fuhr herum, Quartz an ihrer Seite griff nach dem Schwert. Der Wirt erschrak, hatte sich aber gleich wieder gefangen.

»Nun«, sagte er, zu Chan gewandt. »Ich hielt sie für etwas anderes, aber jetzt sehe ich, daß sie Eure Leibwächter sind.«

Quartz packte ihn vorne am Hemd und hob ihn hoch. Ihr Breitschwert fuhr aus der Scheide. Wess hatte nie zuvor gesehen, daß Quartz diese Waffe zog. Quartz hatte sie jedoch keineswegs vernachlässigt. Die Klinge glänzte und war offensichtlich scharf.

»Ich habe diesem Wahnsinn abgeschworen, als ich dem Kriegshandwerk den Rücken kehrte«, sagte Quartz ruhig. »Aber du bringst mich soweit, daß ich diesen Schwur vergesse.« Sie ließ ihn los, und er fiel auf die Knie, die Spitze ihres Schwertes vor Augen.

»Ich habe es nicht böse gemeint, gute Dame ...«

»Nenn mich nicht Dame! Ich bin nicht von edlem Blut! Ich war Krieger, und ich bin eine Frau. Wenn diese Tatsache deine Höflichkeit nicht verdient, kannst du von mir auch keine Gnade erwarten!«

»Ich habe es nicht böse gemeint, ich wollte Euch wirklich nicht verletzen. Bitte verzeiht ...« Sein Blick blieb an ihren undurchdringlichen silbernen Augen hängen. »Ich erflehe Eure Verzeihung, Frau aus dem Norden.«

In seiner Stimme war kein Spott, nur Angst, und für Wess war das eine so schlimm wie das andere. Sie und Quartz wurden hier entweder verachtet oder gefürchtet. Es gab keine andere Möglichkeit.

Quartz steckte ihr Schwert weg. »Dein Silber ist auf dem Tisch«, sagte sie mit kalter Stimme. »Wir hatten nicht vor, dich zu betrügen.«

Der Wirt rappelte sich auf und sah zu, daß er zwischen sich und seine Gäste einen möglichst großen Abstand brachte. Quartz zog den Schlüssel aus der Tür, und die drei verließen den Raum. Quartz schlug die Tür zu und verschloß sie von außen.

»Sehen wir zu, daß wir hier rauskommen.«

Sie polterten die Stiege hinunter. Auf der Straße packten sie ihre Lasten so gut es ging auf die Pferde. Über sich hörten sie den Wirt an die Tür hämmern, und als sie nicht nachgab, rannte er ans Fenster.

»Helft!« brüllte er. »Helft! Menschenräuber! Plünderer!« Quartz saß hinter Aristarchus auf, und Chan und Wess bestiegen das andere Pferd. »Helft!« kreischte der Wirt. »Feuer! Hochwasser!«

Aristarchus ließ das Pferd laufen. Wess' Hengst schüttelte die Mähne, blies laut und scharf durch die Nüstern und verfiel aus dem Stand in einen Galopp. Wess konnte nicht mehr tun, als sich an Mähne und Zaumzeug zu klammern, als er die Straße hinunterraste.

Sie galoppierten durch die Außenbezirke der Stadt, überquerten den Fluß an der Furt und jagten die Straße, die flußaufwärts führte, weiter nach Norden. Die Pferde hatten bereits Schaum vor dem Maul, und Aristarchus riet, langsamer zu reiten, damit sie verschnaufen konnten. Wess wußte, daß er recht hatte; auch bemerkte sie keine Verfolger aus der Stadt. Sie blickte auf zum Himmel, aber es war zu finster, um die Fliegenden zu erkennen.

Sie zügelten das Tempo und ließen die Pferde im Schritt gehen und gelegentlich traben. Jede Bewegung ihres Reittieres schmerzte Wess' Rippen. Sie versuchte, den Schmerz unter Kontrolle zu bringen, aber dazu brauchte sie Ruhe und müßte absteigen. Im Augenblick aber war das unmöglich. Die Straße erschien ihr endlos in eine ewig währende Nacht zu führen.

Bei Anbruch der Dämmerung erreichten sie den kaum sichtbaren Pfad, auf dem Wess sie hierhergeführt hatte; er bog von der Straße ab direkt in die Berge.

Sie ritten zwischen Bäumen hindurch, die sich schwarz vom schieferblauen Himmel abhoben. Es war Wess, als ritte sie aus einem Alptraum in eine Welt, die sie kannte und liebte. Sie fühlte sich noch nicht frei, ahnte aber, daß dieses Gefühl bald zurückkehren würde.

»Chan?«

»Ich bin hier, Liebes.«

Sie nahm seine Hand und küßte sie, dann lehnte sie sich zurück, und er drückte sie an sich.

Eine Quelle entsprang zwischen den knorrigen Wurzeln der Bäume neben dem kaum sichtbaren Pfad.

»Wir sollten hier halten und die Pferde ausruhen lassen«, riet Aristarchus. »Und auch wir könnten eine Rast vertragen.«

»Nicht weit von hier ist eine Lichtung, dort wächst Gras«, sagte Wess. »Sie fressen Gras, nicht wahr?«

Aristarchus kicherte. »Ja, das tun sie.«

Als sie die Lichtung erreicht hatten, sprang Quartz vom Pferd, stolperte, stöhnte und lachte. »Es ist lange her, seit ich das letzte Mal geritten bin.« Sie half Aristarchus vom Pferd. Chan stieg ebenfalls ab, nur Wess blieb, wo sie war. Sie fühlte sich, als sähe sie durch Lythandes geheimnisvolle Kugel auf die Welt.

Das Schlagen gewaltiger Flügel erfüllte die kalte Luft. Satan und Aerie landeten auf der Lichtung und eilten auf ihre Freunde zu. Wess wickelte die Mähne des Schecken um ihre Finger und rutschte zu Boden. Sie lehnte sich an das Tier und atmete erschöpft und in kurzen Zügen. Sie hörte, wie Chan und Quartz die beiden Fliegenden begrüßten, war jedoch nicht in der Lage, sich zu bewegen.

»Wess?«

Langsam wandte sie sich um, die Mähne des Pferdes noch immer in der Hand. Satan lächelte auf sie herab. Sie wußte, daß die fliegenden Leute dünn waren, aber alle, die sie kannte, waren geschmeidig, Satan jedoch war dürr. Seine Rippen zeichneten sich scharf unter der Haut ab. Sein kurzes Fell war glanzlos und trocken, und außer den Striemen am Rücken trug er noch Narben an den Knöcheln und am Hals, wo er angekettet gewesen war.

»O Satan ...« Sie umarmte ihn, und er breitete seine Flügel um sie.

»Es ist geschafft«, sagte er. »Es ist vorbei.« Er küßte sie zärtlich. Alle sammelten sich um ihn. Er fuhr mit seinem Handrücken sanft über Quartz' Gesicht, dann bückte er sich, um Chan zu küssen.

»Frejôjani ...« Er sah sie alle an, dabei lief ihm eine Träne über die Wange, er faltete die Flügel um sich und weinte.

Sie hielten und trösteten ihn, bis das bittere Schluchzen nachließ. Aristarchus stand daneben und blinzelte mit seinen großen grünen Augen.

»Du mußt mich für einen großen Narren halten, Aristarchus. Einen großen schwächlichen Narren.«

Der Troll schüttelte den Kopf. »Ich denke, wenn ich endlich glauben kann, daß ich frei bin ...« Er sah Wess an. »Danke.«

Sie setzten sich an die Quelle und unterhielten sich.

»Es ist möglich, daß man uns gar nicht verfolgt«, meinte Quartz.

»Wir beobachteten die Stadt, bis ihr im Wald verschwunden wart«, sagte Aerie. »Niemand sonst war auf dem Generalsweg zu sehen.«

»Vielleicht haben sie gar nicht gemerkt, daß Satan neben einem zweiten Geflügelten noch andere Helfer hatte. Wenn keiner sah, wie wir das Zelt zum Einsturz brachten ...«

Wess schöpfte Wasser aus der Quelle und erfrischte ihr Gesicht, dann trank sie aus der hohlen Hand. Die ersten Sonnenstrahlen schienen durch die Baumkronen auf die Lichtung.

Ihre Hand war immer noch blutig. Das Blut vermischte sich mit dem Wasser, sie spuckte und hustete, dann taumelte sie, wankte und stürzte ein paar Schritte weiter, wo sie auf die Knie fiel und sich heftig würgend übergab.

Dann kroch sie wieder zur Quelle und reinigte Gesicht und Hände mit dem Wasser. Ihre Freunde starrten sie erschrocken an.

»Da war einer«, sagte sie, als sie sich wieder erhoben hatte, »Bauchle Meyns. Aber ich habe ihn getötet.«

»Ah«, sagte Quartz.

»Damit hast du mir ein weiteres Geschenk gemacht«, sagte Satan. »Nun brauche ich nicht zurückkehren, um es selbst zu tun.«

»Sei still, Satan, sie hat noch nie zuvor jemanden getötet.«

»Das habe ich auch nicht. Aber ihm hätte ich mit Freuden die Kehle zerfetzt, wäre er mir nur nahe genug gekommen.«

Wess schlang die Arme um sich, um den Schmerz zu lindern. Quartz sprang an ihre Seite.

»Du bist verletzt – warum hast du nichts gesagt?«

Wess schüttelte den Kopf, unfähig zu antworten. Dann sackte sie zusammen.

Als sie am Nachmittag erwachte, lag sie im Schatten eines hohen Baumes inmitten ihrer Freunde. Die

Pferde grasten in der Nähe, Aristarchus saß auf einem Stein neben der Quelle und kämmte sich den Filz aus dem Fell. Wess erhob sich und ging zu ihm.

»Hast du gerufen?«

»Nein«, antwortete er.

»Ich dachte, ich hätte etwas ...«, sie zuckte die Schultern. »Hat wohl nichts zu bedeuten.«

»Wie fühlst du dich?«

»Besser.« Ihre Rippen waren bandagiert. Quartz verstand viel von der Kunst des Heilens.

»Niemand folgt uns. Aerie war ein wenig kundschaften.«

»Das ist gut. Darf ich dir den Rücken kämmen?«

»Das wäre äußerst liebenswürdig.«

Schweigend kämmte sie ihn, aber ihre Gedanken waren nicht bei der Sache. Als der Kamm das dritte Mal an einem Knoten zupfte, sagte Aristarchus:

»Schwester, bitte, das, woran du da zerrst, ist an meiner Haut festgewachsen.«

»Oh, Aristarchus, das tut mir leid ...«

»Was ist los mit dir?«

»Ich weiß nicht«, entgegnete sie. »Ich fühle – ich will – ich gehe ein wenig den Pfad entlang. Ich bleibe nicht lange weg.«

In der Stille des Waldes fühlte sie sich besser. Aber da war etwas, das sie anzog, jemand rief ihr etwas zu, aber sie hörte nichts.

Dann aber vernahm sie das Rascheln von Blättern. Sie verbarg sich und wartete.

Lythande ging langsam und müde den Pfad entlang. Wess war so überrascht, daß sie nichts sagen konnte, als der Magier an ihr vorüberging. Aber ein paar Schritte weiter hielt Lythande an, und blickte sich stirnrunzelnd um.

»Westerly?«

Wess trat auf den Pfad. »Woher wußtest du, daß ich hier bin?«

»Ich fühlte deine Nähe ... Wie hast du mich gefunden?«

»Ich dachte, jemand riefe mich. War das ein Zauber?«

»Nein, nur ein Wunsch.«

»Du siehst müde aus.«

Lythande nickte. »Ich wurde herausgefordert und mußte kämpfen.«

»Und hast gewonnen ...«

»Ja.« Lythande lächelte bitter. »Ich lebe noch immer auf dieser Erde und warte auf die Tage des Chaos. Wenn das ein Sieg ist, dann habe ich gewonnen.«

»Komm in unser Lager, ruh dich aus und iß mit uns.«

»Danke, kleine Schwester. Ich werde bei euch rasten. Aber euer Freund – habt ihr ihn gefunden?«

»Ja. Er ist frei.«

»Ihr entkamt alle unverletzt?«

Wess zuckte mit den Schultern und bereute es sofort. »Diesmal habe ich mir die Rippe gebrochen.« Über die tieferen Schmerzen wollte sie nicht sprechen.

»Und jetzt – kehrt ihr heim?«

»Ja.«

Lythande lächelte. »Ich hätte mir denken können, daß du den vergessenen Paß finden würdest.«

Sie gingen gemeinsam zum Lager. Ein wenig erschrocken über ihre eigene Vermessenheit nahm Wess die Hand des Magiers in ihre. Lythande zog die Hand jedoch nicht zurück, sondern drückte Wess' Finger zärtlich.

»Westerly ...« Lythande sah sie an, und Wess blieb

stehen. »Westerly, würdest du nach Freistatt zurückkehren?«

Überrascht und entsetzt erwiderte Wess: »Warum?«

»Es ist nicht so schlimm, wie es zunächst den Anschein hat. Du könntest vieles lernen ...«

»Um ein Magier zu werden?«

Lythande zögerte. »Es wäre nicht einfach, aber möglich. Deine Talente sollten nicht ungenutzt bleiben.«

»Du verstehst nicht«, begann Wess. »Ich möchte kein Magier sein. Das wäre für mich kein Grund, nach Freistatt zurückzukehren.«

Schließlich sagte Lythande: »Das ist auch nicht der einzige Grund.«

Wess nahm Lythandes Hand zwischen ihre, hob sie an die Lippen und küßte die Handfläche. Lythande fuhr sanft über Wess' Wange. Wess schauderte.

»Lythande, ich kann nicht nach Freistatt zurückgehen. Du wärst der einzige Grund für mich, dort zu sein – aber es würde mich verändern. Es *hat* mich verändert. Ich weiß nicht, ob ich heimkehren und derselbe Mensch sein kann wie vorher. Aber ich werde es versuchen. Das meiste, was ich dort gelernt habe, hätte ich besser nie gewußt. Du mußt mich verstehen!«

»Ja«, erwiderte Lythande. »Es war nicht recht, danach zu fragen.«

»Es ist nicht, daß ich dich nicht lieben würde«, sagte Wess, und Lythande warf ihr einen durchdringenden Blick zu. Wess atmete tief durch und sprach weiter. »Aber meine Gefühle änderten sich gewiß genau wie ich selber. Es wäre nicht mehr Liebe, sondern ein Bedürfnis – Verlangen, Neid.«

Lythande setzte sich auf eine Wurzel, ließ die

Schultern hängen und starrte zu Boden. Wess kniete daneben und strich sich das Haar aus der Stirn.

»Lythande ...«

»Ja, kleine Schwester«, flüsterte der Magier, als wäre er zu müde, um laut zu sprechen.

»Du mußt dort eine wichtige Aufgabe haben.« Wie könnte sie es sonst dort ertragen?, dachte Wess. Sie wird dich auslachen, wenn sie deinen Vorschlag hört, und erklären, wie närrisch es ist, und wie unmöglich ... »Und Kaimas, meine Heimat – du fändest es langweilig ...« Sie hielt inne und wunderte sich selbst über ihr Zögern und ihre Furcht. »Geh mit mir, Lythande. Komm mit zu mir nach Hause.«

Lythande starrte sie an. Ihr Blick war nicht zu deuten. »Meinst du ehrlich, was du sagst?«

»Es ist schön dort, Lythande. Und friedlich. Die Hälfte meiner Familie kennst du ja schon. Den Rest wirst du auch mögen. Du sagtest, du könntest lernen von uns.«

»... mich zu lieben?«

Wess sog die Luft tief ein. Sie beugte sich vor und küßte Lythande rasch, dann noch einmal, länger, so wie sie es sich gewünscht hatte, als sie sich zum erstenmal sahen.

Sie lehnte sich ein wenig zurück.

»Ja«, sagte sie. »In Freistatt muß ich lügen, aber jetzt bin ich nicht in Freistatt. Mit etwas Glück werde ich es nie wiedersehen – und nie wieder lügen müssen.«

»Wenn ich gehen müßte ...«

Wess grinste. »Ich versuchte, dich zum Bleiben zu überreden.« Sie berührte Lythandes Haar. »Aber ich würde gewiß nicht versuchen, dich zu halten. Bleib, solange du willst, und wann immer du zurückkehren willst, hast du einen Platz in Kaimas.«

»Ich zweifle nicht an deinem guten Vorsatz, kleine

Schwester, sondern an meinem. Ich glaube, ich möchte deine Heimat nicht mehr verlassen, nachdem ich erst eine Weile dort gelebt habe.«

»Ich kann nicht in die Zukunft sehen.« Dann lachte sie über ihre Worte, schließlich sprach sie mit einem Magier. »Vielleicht kannst du es.«

Lythande erwiderte darauf nichts.

»Ich habe die Erfahrung gemacht«, fuhr Wess fort, »daß alles, was irgend jemand tut, Schmerzen verursachen kann. Sich selbst oder einem Freund. Dagegen kann man nichts tun.« Sie erhob sich. »Komm, ruh dich aus bei meinen Freunden und mir. Dann gehen wir heim.«

Lythande stand ebenfalls auf. »Du weißt vieles von mir nicht, kleine Schwester. Zuviel davon könnte dir weh tun.«

Wess schloß die Augen und wünschte – wie ein Kind, das eine Sternschnuppe gesehen hat. Sie öffnete die Augen wieder.

Lythande lächelte. »Ich komme mit dir. Wenn auch nur für eine Weile.«

Sie gingen Hand in Hand zu den anderen.

Cappen Varra

Ischade

C. J. Cherryh

1

Im schwachen Schein des Mondes, der Mühe hatte, seinen Weg zwischen den überhängenden Dächern in die Tiefe zu finden, und der die feuchten Wände zum Glitzern brachte, huschten Schatten über das Kopfsteinpflaster, hier im innersten Pfuhl des Labyrinths. Ein Schatten gehörte einer selbst im schwarzen Kapuzenumhang gut gekleideten Frau, die wahrhaftig nicht hierher paßte. Aber sie hatte ihren Grund hier zu sein und wich nur den schlüpfrigsten, übelriechendsten Gossen aus, während sie über die meisten sprang.

Ein zweiter Schatten, der eines Gauners, eines Aufschneiders und Gelegenheitsdiebes, fand sich in diesen Gassen blind zurecht. Sjekso hieß er und war hier geboren. Auch er nahm keinen geraden Weg, jedoch nicht, weil er sich scheute, in die stinkenden Pfützen zu treten. Aus der entgegengesetzten Richtung kam er durch dieses Netz finsterer Gassen. Er war ein gutaussehender Bursche, dieser Sjekso Kinzan, mit blonden Locken, gepflegtem und gestutztem Bart, momentan noch mit offenem Hemd und Wams, denn in der Gaststube des Wilden Einhorns war es heiß gewesen, aber auch, weil er eitel war. Er wußte von seiner Anziehungskraft auf Frauen. Im Augenblick roch er jedoch nach Wein und war mürrisch, nicht nur wegen seines leeren Beutels, sondern weil er beim Würfelspiel außer seinem Geld auch Minsys käufliche Gunst verloren hatte – und das war es, was ihm am meisten zu schaffen machte. Minsy war mit diesem Hurensohn Hanse gegangen, während er …

Mit keineswegs klarem Kopf torkelte er zu seiner Unterkunft am Schlangenweg. Er rümpfte die Nase, stolperte fast über seine eigenen Füße und beklagte sein Pech. Er haßte Hanse, in dieser Nacht zumindest, und dachte sich verworren einen Plan aus, wie er in aller Öffentlichkeit Rache an ihm nehmen könnte …

Durch den Nebel vom Hafen und den Schleier vor seinen Augen blinzelnd, sah er plötzlich eine Frau vor sich. Keine einfache Maid zweifellos, sondern eine feine Kurtisane, die sich vielleicht auf dem Rückweg von einem Stelldichein verlaufen hatte. Wenn das keine Gelegenheit war, die ein launischer Gott ihm zugespielt hatte!

»Nun«, murmelte er. Er spreizte die Arme und bewegte sich von einer Seite der schmalen Gasse zur anderen, um zu verhindern, daß die feine Dame an ihm vorbeikam. Wenigstens ein bißchen Spaß, dachte er. »Nun«, wiederholte er eulenhaft, aber die Frau versuchte hastig am ihm vorbeizuhuschen. Da griff er nach ihr, hielt sie fest und spürte sanfte Rundungen. Sein Opfer wand sich, schob ihn und bemühte sich, ihn mit den Knien wegzustoßen, doch er bekam ihr Haar unter der Kapuze zu fassen, bog ihr den Kopf zurück und küßte sie mit zunehmender Leidenschaft.

Sie wehrte sich, doch dadurch fühlte sich das, was er zwischen den Händen hielt, nur noch angenehmer an. Auch schrie sie, aber kaum ein Schrei drang an seinen fest auf ihren Mund gepreßten Lippen vorbei. Während er sie an sich drückte, suchten seine Augen nach einem günstigeren Platz zwischen den zerbrochenen Amphoren und Fässern, einem Plätzchen, wo sie ungestört wären.

Plötzlich drang ein neuer Laut durch den Nebel vom Hafen und den seiner Sinne an sein Ohr: ein Schritt ganz in der Nähe. Sjekso wollte mit seinem Opfer herumwirbeln, aber kaum hatte er einen Fuß nur ein bißchen gedreht, legte sich eine Hand um sein Kinn, sein eigener Kopf wurde zurückgerissen und gleichzeitig eine scharfe Klinge an seine Kehle gedrückt.

»Laß die Dame los«, flüsterte eine Männerstimme eindringlich. Notgedrungen gab Sjekso die Frau frei und ließ die Hände sinken, während er sich verzweifelt fragte, ob er sich vielleicht durch Flucht retten könnte. Aus dem Augenwinkel sah er, wie die Frau ein paar Schritte rückwärts machte, ihren Umhang glattstrich und die Kapuze zurechtrückte. Die rasiermesserscharfe Klinge an seinem Hals und die Hand an seinem Kinn bewegten sich nicht.

Mradhon Vis hielt den Halunken fest und warf einen flüchtigen Blick auf die Dame – auf ein strenges Gesicht, dunkel im düsteren Licht der Gasse. Sie war schön. Das rührte seine romantische Seele – sein selten beeindrucktes Ich, das hauptsächlich einträglicheren Beweggründen zugängig war. »Verschwinde!« befahl er Sjekso und schleuderte den Burschen mehrere Körperlängen durch die Gasse. Sjekso plagte sich taumelnd auf die Füße und nahm Reißaus, ohne sich noch einmal umzudrehen.

»*Warte doch!*« rief die Dame ihm nach. Der Mann, der versucht hatte, ihr Gewalt anzutun, wirbelte herum und duckte sich, mit dem Rücken gegen eine Hauswand, unter einem vermeintlichen Schlag. Mradhon Vis, der den Dolch noch in der Hand hielt, starrte ihn sichtlich verblüfft an.

»Der Junge und ich sind alte Freunde«, behauptete die Dame, und an Sjekso gewandt: »Nicht wahr?«

Den Rücken weiterhin gegen die Wand gedrückt, richtete Sjekso sich auf und brachte eine, wenn auch wacklige Verbeugung zustande – aber auch ein Hohnlächeln, denn er hatte sein Selbstbewußtsein schnell wiedergewonnen, für den Mann, den er vom Würfelspiel an diesem Abend her kannte. Und Mradhon Vis umklammerte seinen Dolch heftiger, denn auch er kannte diesen Gauner, zumindest von Besuchen im Einhorn.

Doch sanfte Frauenfinger legten sich kaum spürbar auf seinen nackten Arm. »Ein Mißverständnis«, sagte die Dame weich und leise. »Aber habt trotzdem vielen Dank für Euer Eingreifen. Ihr seid zweifellos sehr geschickt. Kommt Ihr etwa gerade aus dem Militärdienst? Ich – ich brauchte jemanden mit – Eurem Geschick. Als Leibwächter. Ich habe öfter hier zu tun. Ich kann dafür bezahlen, wenn Ihr für mich jemanden wie Euch finden könntet, einen Freund vielleicht, der ...«

»Ich stehe zu Euren Diensten«, versicherte ihr Sjekso, diesmal mit höfischem Kratzfuß. »Ich kenne mich hier gut aus.«

Doch die Dame drehte sich nicht einmal zu ihm um. Ihre Augen galten nur Mradhon. Sie waren dunkel und glitzerten in der Nacht. »Er gehört zu jenen, vor denen ich beschützt werden möchte. Kennt Ihr jemanden, der bereit wäre in meine Dienste zu treten?«

Mradhon richtete sich zu seiner vollen Größe auf und bemühte sich, eine beeindruckende Haltung einzunehmen. »Ich habe einige Male als Leibwächter gedient. Und zufällig bin ich gegenwärtig frei.«

»Ah«, murmelte sie und legte eine Hand auf ihre Brust unter dem Umhang, der ihre weiblichen Rundungen hervorhob. Dann wandte sie sich erneut dem verwirrten Sjekso zu, der die Gelegenheit genutzt hatte, sich in den Häuserschatten zurückzuziehen und sich auf die Gassenecke zuzubewegen. »Nein, nein, warte doch. Schließlich hatte ich dir diesen Abend versprochen, und ich möchte auch noch mit dir reden. Hab Geduld.« Mit einem Blick zurück holte sie einen Geldbeutel aus dem Umhang hervor. Sie zog das Band auf und nahm ein Goldstück heraus, das sofort Mradhons Aufmerksamkeit auf sich lenkte, um so mehr, als sie den schweren Beutel in seine Hand fallenließ. Nur die eine Münze, die wie ein Leuchtfeuer im Mondschein blitzte, hielt sie hoch, damit Sjekso sie gut sehen konnte, wandte sich jedoch wieder Mradhon zu. »Ich wohne von dieser Ecke sieben Häuser weiter. Ihr werdet das Haus an dem schmiedeeisernen Geländer der Treppe erkennen. Es ist rechter Hand. Geht dorthin, macht Euch vertraut damit, so daß Ihr es morgen findet, und wartet am Vormittag dort auf mich. Der Beutel gehört Euch.«

Mradhon wog den Beutel in seiner Hand, dem Gewicht nach schien er mit Gold gefüllt zu sein. »Ich werde es finden«, versicherte er ihr. Die gegenwärtige Situation schien ihm jedoch weniger sicher zu sein. »Wollt Ihr nicht doch lieber, daß ich in der Nähe bleibe?«

Mit zusammengezogenen schwarzen Brauen und grimmig gerunzelter Stirn sagte sie: »Ich habe wegen meiner Sicherheit keine Bedenken. Ah, Euer Name, mein Herr. Wenn ich schon bezahle, möchte ich ihn gerne wissen.«

»Vis. Mradhon Vis.«

»Von ...?«

»Aus dem Norden. Ich war an mancherlei Orten.«

»Wir unterhalten uns morgen vormittag. Geht

jetzt. Glaubt mir, die Auseinandersetzung – der Schein trog.«

»Meine Dame«, murmelte er – er hatte schon früher mit vornehmen Leuten zu tun gehabt. Den Beutel fest in der Hand, wandte er sich in die ihm angewiesene Richtung – nicht ohne noch einmal über die Schulter zu blicken. Sjekso wartete immer noch an der Stelle, wo er sich an die Wand gedrückt hatte. Aber die Dame schien geahnt zu haben, daß er zurückschauen würde und bedachte ihn mit einem finsteren Blick.

Mradhon ging schnell die krumme Gasse ein Stück weiter, ehe er stehenblieb, um den Beutel in der Hand auszuleeren. Fünf schwere Goldstücke fielen heraus und ein halbes Dutzend Silbermünzen. Heiß und kalt durchfuhr es ihn, wie der Schock eines Schlages ... Er warf einen zweiten Blick zurück, doch inzwischen versperrten ihm Häuser die Sicht auf die Frau und ihren gekauften Jungen Sjekso. Nun, er hatte sich schon seltsameren Leuten verdingt und nicht wenigen, deren Anblick wesentlich unangenehmer gewesen war. Er zuckte die Schultern, was ging es ihn an, was sich hinter ihm tat? Er hatte Gold, ein kleines Vermögen. Seine Ritterlichkeit war seiner Armut entsprungen, nachdem er die vornehme Kleidung der Frau gesehen hatte, und er wußte, daß Sjekso Kinzan in Bedrängnis kein Held war. Für das Gold in seiner Hand hätte er die ganze Nacht in der Gasse ausgeharrt, oder Sjekso fertiggemacht, ohne Fragen zu stellen. Da kam ihm der Gedanke, daß vielleicht mehr als das damit verbunden war. Trotzdem suchte er das Haus.

Die Frau blickte zu Sjekso zurück und lächelte. Ein feuriges Lächeln war es, das Sjekso in seiner Einschätzung der Situation noch mehr verwirrte. Er hatte sich nun von der Hauswand gelöst – ernüchtert durch den Zwischenfall und der berauschenden Wärme des Weines beraubt. Doch jetzt begann angenehme Erwartung ihn zu erfüllen, und er war sicher, in den Augen der Dame und auch aus dem im Mondschein glitzernden Goldstück in ihrer erhobenen Hand zu lesen, daß seine nicht unbeträchtliche Anziehungskraft ihre Wirkung auch bei ihr nicht verfehlt hatte. Er grinste mit neuem Selbstvertrauen und entspannte sich, als sie auf ihn zukam. Vielleicht kam es doch noch vom Wein, diese neuerliche Wärme, ja Hitze, oder von ihren Fingern, mit denen sie seinen Kragen berührte, um dann mit dem Münzenrand über die feinen Haare auf seiner Brust herunterzufahren und dabei die Kette seines Talismans zu berühren.

Sein Glück lachte ihm also wieder, und er schrieb es seiner Anziehungskraft auf Frauen zu. Es hatte ihr eben doch gefallen – es gefiel ihnen allen! Vielleicht trennte sie sich sogar von mehr als einem Goldstück. Und wenn sie vorhatte, ihn und diesen Hundesohn aus dem Norden gegeneinander auszuspielen, auch gut. Es gab immer eine Möglichkeit, diesen Mradhon Vis auszustechen. Er besaß Fähigkeiten, an denen es dem Nordmann mangelte, und er wußte, wie sie sich am besten nutzen ließen. Auf die eine oder andere Weise lebte er von den Frauen.

»Wie heißt du?« fragte sie ihn.

»Sjekso Kinzan.«

»Sjekso, ich habe ein Zuhause – nicht die Räume, zu denen ich diesen Burschen schickte, sondern mein eigenes Haus, in Flußnähe. Ein bißchen Wein, ein weiches Bett ... Ich wette, du bist gut.«

Er lachte. »Ich habe es mir zur Gewohnheit gemacht, nie mein eigenes Revier zu verlassen, ehe ich mich genau auskenne. Hier ist es gut genug. Gleich dort drüben. Und ich wette, es macht Euch nichts aus.«

»Ich heiße Ischade«, murmelte sie abwesend, als er unter ihr Gewand langte. Sie schmiegte sich an ihn, legte die Hände um ihn. Er spürte die Münze und nahm sie ihr widerstandslos aus den Fingern. Ihre Lippen streiften seine. »Mein Name ist Ischade.«

2

Eine Leiche war kein ungewöhnlicher Anblick im Labyrinth. Aber diese lag mitten auf dem Schlangenweg in den ersten Strahlen der Morgensonne. Der Küchenjunge des Einhorns entdeckte sie, als er die Abfälle ausleeren wollte, gar nicht weit vom Eingang. Sie war steif und kalt und die eines blonden Mannes, den er kannte – Sjekso Kinzan! Er drehte sich auf dem Absatz, um zurück ins Haus zu laufen. Dann überlegte er es sich und schoß hinaus, um die Leiche nach möglichen Wertsachen abzusuchen – schließlich könnte jemand herbeikommen, der sie sich weniger verdient hatte und der Sjekso nicht so gut kannte. Er fand den Messingtalisman und den Beutel – leer, von einem alten Nagel und ein paar Fusseln abgesehen –, hängte sich den Talisman um den eigenen Hals und rannte nunmehr atemlos ins Haus, um den ersten, die wach waren, die Neuigkeit zu berichten. Die Tatsache, daß einer der Stammgäste des Einhorns tot vor der Tür lag, ließ mehrere Übernächtigte oder aus dem Schlaf Gerissene die Treppe auf und ab hasten und neugierig auf die Gasse rennen.

Durch den Auflauf unter Minsy Zithkys Fenster ihrer gemieteten Stube gleich nebenan erfuhr Hanse davon.

Die ersten um die Leiche waren ernst und stumm, teils aus Achtung, teils wegen der morgendlichen Kopfschmerzen. Trotzdem lockten sie immer mehr Neugierige an. Hanse war einer der ersten unter ihnen. Mit fest verschränkten Armen stand er da, mit all seinen Dolchen, die einfach zu ihm gehörten. Sein Stirnrunzeln und der Gesichtsausdruck, der an eine gerade aufgewachte Eule erinnerte, während er die Leiche betrachtete, und die steife Haltung warnten Minsy Zithky, und sie ließ ihn lieber in Ruhe. Schluchzend und die Hände vor die Brust gepreßt, stand sie da. Hanse wollte nicht, daß die langjährige Freundin Sjeksos sich jetzt an ihn klammerte. Er dachte an das Würfelspiel und die Wette, und er spürte die Augen der anderen auf sich; denn auch mit ihm beschäftigte man sich jetzt, da der Mann, mit dem er gewürfelt hatte, kalt und steif in der Gosse lag.

»Wer hat ihn umgebracht?« fragte Hanse schließlich. Ein allgemeines Schulterzucken antwortete ihm. »Wer?« Hanses Stimme klang schärfer, während sein Blick über die Neugierigen glitt. Eine Leiche war wirklich nichts Ungewöhnliches im Labyrinth, aber die eines jungen und gesunden Mannes, ohne Spuren von Gewalttätigkeit – ein Toter vor seiner Stammschenke und nur ein paar Häuser von seiner eigenen Unterkunft entfernt ...

Es gab so etwas wie Reviere. Gewiß, ganz sicher war ein Mensch nirgends. Aber es gab solche und andere Orte, und wenn ein Mann an seinem eigenen blieb, war es am unwahrscheinlichsten, daß er in den Morgenabfällen endete. Viele in der Menge fühlten Unbehagen – auch wegen Hanse, der seine zierliche Gestalt mit Messern wettmachte und mit dem man sich besser nicht anlegte.

Sein finsterer, nicht nur von Kopfschmerzen

bewegter Blick wanderte geradewegs zu einem Fremden in dieser Gegend – zu Mradhon Vis, einem neuen, aber häufigen Gast im Einhorn. »Du!« sagte Hanse. »Du bist in der Nacht etwa um die gleiche Zeit weggegangen wie er. Hast du etwas gesehen?«

Ein Schulterzucken. Welch nutzlose Frage. Niemand im Labyrinth sah irgend etwas. Aber Vis hatte bei seinem Schulterzucken die Lippen zu fest zusammengepreßt. Hanse starrte ihn noch finsterer an. Dabei wurde er sich der plötzlichen Stille der Menge und der Augen bewußt, die auf ihm ruhten. Seine Arme hingen nun an den Seiten, und er erinnerte sich, wie Sjekso und Mradhon Vis sich in der Nacht an der Tür angerempelt hatten. Sjekso hatte sich seiner üblichen spöttischen Bemerkungen nicht enthalten können, auf Kosten von Vis natürlich. Hanse zog stumm seine Folgerungen – stumm deshalb, weil er selbst vielleicht nicht in so gutem Licht dastand, nachdem er diesem Toten das letzte Geld und sein letztes Vergnügen abgewonnen hatte ... Sein Blick wanderte über die mürrischen Gesichter, die ihre eigenen Schlußfolgerungen zogen. Sie mochten ihn nicht sonderlich, genausowenig wie Sjekso, aber da Sjekso tot und von hier war, hatte er zumindest jetzt ihr Mitleid. Was dagegen ihn betraf – da hing etwas ganz anderes in der Luft.

Vis wollte sich zurückziehen und bahnte sich einen Weg durch die Menge. »Ihn müßt ihr anstarren!« rief Hanse. »He, du! Dir gefallen die Fragen wohl nicht, eh? Die Garnison hat dich hinausgeschmissen. Wenn du wieder hierherkommst, du Hurensohn von einem Feigling, dann dreh mir besser nicht den Rücken zu!«

»Er ist verrückt«, sagte Vis und blieb hinter einem unfreiwilligen Schutzschirm von Neugierigen stehen. Zwar versuchten die Leute sich zurückzuziehen, doch Vis blieb hinter der beweglichen Deckung.

»Überlegt doch, wer sein Geld und sein Mädchen bekommen hat, und dann fragt euch, wer ihn umgebracht hat ...«

Hanse griff nach seinen Messern. »Ist ja keine Wunde zu sehen!« rief eine junge Stimme schrill. Die Menge versuchte sich möglichst von Vis zu entfernen. Minsy schrie gellend, und mehrere starke und kräftige Arme legten sich um Hanses Ellbogen und seine Mitte. Er wand sich in ihrem Griff und trat mit den Beinen, während Mradhon Vis, der nun offen zu sehen war, sich aufrichtete und seine Kleidung glattstrich.

»Verrückt!« sagte Vis erneut. Hanse überschüttete ihn und jene, die ihn hielten, mit Verwünschungen – und kalter Schweiß rann ihm über den Rücken, denn jeden Augenblick konnte Vis oder auch die Menge ihm etwas antun, und die Messer waren seine einzigen Waffen. Doch Vis stapfte davon und wurde zusehends schneller. Hanse trat erneut mit den Füßen nach denen, die ihn hielten, und verfluchte sie.

»Beruhige dich!« Der zu seiner Linken war Cappen Varra. Er hatte einen Arm um seinen Ellbogen geschlungen und eine Hand um sein Handgelenk geklammert. Hanse hatte nichts gegen den Spielmann. Seine Stimme war sanft und wohlklingend, aber im Moment hörte Hanse »ich-bin-besser-als-du« aus ihr heraus, und flüchtig haßte er Cappen Varra. Doch dessen Griff war überzeugend, und außerdem verschwand der, dem seine eigentliche Wut galt, außer Sichtweite. Er kam wieder auf seine Füße, und während er vor Zorn noch bebte, ließ Varra ihn los. Auch Igan auf der anderen Seite, der große, nicht sonderlich gescheite Igan, gab ihn frei. Freundschaftliche Schläge auf die Schultern, ein verständnisvolles

Grinsen, beruhigten ihn ein wenig und bedeuteten ihm, daß doch nicht alle gegen ihn waren.

»Trinken wir etwas«, schlug Varra vor. »Die Leichensammler werden bestimmt bald davon hören – möchtest du weiter auffällig hier herumstehen? Komm mit!«

Hanse ging bis zur Tür des Einhorns, ehe er zurückblickte. Weinend stand Minsy über Sjekso gebeugt, und Sjekso wirkte noch trauriger mit den offenen Augen, während die Neugierigen sich allmählich zurückzogen.

Jetzt brauchte er wirklich etwas zu trinken.

Mradhon Vis bog um die Ecke, ohne daß ihm jemand folgte. Er blieb stehen, lehnte sich an eine Hauswand und wartete, bis das Zittern in seinen Beinen aufhörte. Das war keine schöne Sache dort! Nicht, daß er noch keine Leichen gesehen oder selbst jemanden getötet hätte, in seiner Eigenschaft als Söldner und auch sonst. Er hatte jedoch keine Lust, sich nutzlos in Schwierigkeiten zu bringen, nicht jetzt mit dem Gold in seinem Stiefel und einer echten Aussicht auf mehr. Zwar war er schon ein paarmal Leibwächter gewesen, aber er war nicht groß und kräftig genug, daß er so einfach genommen wurde, und bei seinem fremdländischen und etwas finsteren Aussehen war es nicht einmal leicht, Arbeit als Wächter zu finden. Er hatte vor, der Aufforderung der Dame rechtzeitig Folge zu leisten. Mit einer Auftraggeberin, die so ohne weiteres eine Handvoll Gold zahlte, durfte man es sich nicht verderben. Wenn bloß niemand ihr inzwischen die Kehle durchgeschnitten hatte! Dieser Gedanke beunruhigte ihn, und das war es auch, was ihn entgegen seiner üblichen Vorsicht zu dieser Menschenmenge in der Nähe des Wilden Einhorns geführt hatte – ein Toter, der, als er ihn das letzte Mal lebend gesehen hatte, seine Auftraggeberin begleitet hatte, die seine, Vis', letzte und inbrünstigste Hoffnung war. Ja, er war mehr als besorgt.

Andere Warnungen von größerer Komplexität gingen ihm durch den Kopf, aber er weigerte sich, sie zu beachten, denn sie ließen ihn an Fallen und Hinterhalt denken. Er hatte einen Dolch im Gürtel, seinen Verstand und ausreichend Erfahrung mit Auftraggebern aller Art, von denen nicht wenige vorgehabt hatten, ihm zu guter Letzt seinen Sold vorzuenthalten – auf die eine oder andere Weise.

3

Im Wilden Einhorn war ein ständiges Kommen und Gehen, ein Durcheinander von morgendlichen Stammgästen und anderen. Hanse trank sein Bier und bemühte sich, das schmerzhafte Pochen aus seinem Kopf zu vertreiben. Er saß Cappen Varra gegenüber, hatte jedoch keine Lust, sich zu unterhalten oder im Augenblick der Mittelpunkt von irgend etwas zu sein.

»Sie haben ihn geholt«, meldete der Küchenjunge an der Tür. Also war die Leiche jetzt weg. Dadurch würde es in der Gasse ein wenig ruhiger werden. Doch peinliche Fragen und Herumgeschnüffel mochten den Leichensammlern auf dem Fuße folgen.

»Entschuldige mich«, bat Cappen Varra, nicht weniger schweigsam als er, verließ den Tisch und ging zur Tür. Hanse fand sein Gleichgewicht wieder und stand in dem Strom der ins Freie Drängenden von seiner Bank auf.

Jemand berührte seinen Arm, ein federleichtes Tupfen. Er blickte zurück und erwartete Minsy, für die er wahrhaftig nicht in Stimmung war – und blickte statt dessen in Augen wie von einer Statue, so leer und vage, Augen im Gesicht eines alten/jungen und bartlosen Mannes, der blind war.

»Hanse, auch Nachtschatten genannt?« Die Stimme war glatt und eindringlich, sie paßte zu dem Mann.

»Was wollt Ihr von mir?«

»Ihr habt einen Freund verloren.«

»Ha. Keinen Freund, einen Bekannten. Was geht das Euch an – und mich?«

Die tastende Hand fand seinen Arm und führte ihn zu der anderen Hand, die nach seinen Fingern griff ... Hanse begann sich dieser gespenstischen Vertrautheit zu widersetzen, bis er den unverkennbaren Druck einer Münze spürte.

»Ich höre.«

»Mein Auftraggeber hat noch mehr für Euch.«

»Wo?«

»Nicht hier. Wollt Ihr den Namen hören? Kommt mit hinaus.«

Der Blinde hätte ihn unter den anderen zum Eingang geführt. Statt dessen zog Hanse ihn zu einer weiteren Tür, hinaus auf die hintere Gasse. Ein Weg, den nur wenige genommen hatten, und die wenigen waren inzwischen verschwunden. »Jetzt.« Hanse nahm den Blinden am Arm und drückte ihn an die Wand. »Wer?«

»Enas Yorl.«

Hanse ließ den Arm des Blinden fallen. *»Er?* Warum?«

»Er möchte mit Euch reden. Ihr wurdet – empfohlen. Und Ihr sollt bezahlt werden.«

Hanse hielt die Luft an und befingerte die Münze. Er betrachtete sie kurz, sah, daß sie frisch geprägt und aus schwerem Silber war, und überlegte, wer und wozu man ihn empfohlen hatte. Münzen dieses Wertes bekam man nicht so leicht ... Aber Enas Yorl, der Zauberer, empfing wenige Besucher ... Und in Freistatt stimmte in letzter Zeit so allerhand nicht. Dinge, die zu hoch für Hanse waren. Gerüchte, die sich ins Labyrinth verirrt hatten.

Sjekso tot, ohne eine Wunde, und Enas Yorl bot Geld, um mit einem Dieb zu sprechen. Die Welt war verrückt, aber er mußte sich nach ihr richten.

»Also gut«, brummte er, denn Enas Yorls Hand reichte weit, und es machte ihm Angst, nicht durchzublicken. »Führt mich.«

Der Blinde nahm seine Hand. Sie folgten der Gasse und verließen sie an ihrem Ende. Festen Schrittes ging der Mann, gar nicht wie ein Blinder, daß Hanse unwillkürlich an Täuschung dachte – deren sich viele Bettler bedienten – aber wenn, war es eine gute und der Mann regelrecht ein Künstler, und so etwas wußte Hanse zu schätzen.

Mradhon Vis' Sorge vertiefte sich, während er unter dem Balkon neben der Treppe mit dem schmiedeeisernen Geländer, das er in der Nacht gefunden hatte, hin und her stapfte. Es war ein Haus, so armselig und heruntergekommen wie alle im Labyrinth, aus altersglitschigem Stein und unbemaltem Holz. Es neigte sich der Gasse zu und war mit Balken gestützt. Das Alter hatte es gezeichnet.

Je länger er an diesem für sie so offensichtlich unpassenden Ort wartete, desto mehr quälte ihn der Gedanke, daß seine so sehr herbeigesehnte Auftraggeberin tot sein könnte – tot, ein Opfer wie Sjekso, und noch unentdeckt in irgendeiner Gasse. Es war Irrsinn von ihm gewesen, eine Dame in den Gassen des Labyrinths alleinzulassen, eine Katze unter Hunden. Jemand mit soviel Geld wie sie hatte Freunde *und* Feinde. Die Geschichten, die er sich ausmalte, wurden immer schlimmer. Er dachte an Fürsten und an Politik, an heimliche Zusammenkünfte. Dieser Sjekso war vielleicht mehr gewesen, als er zu sein geschienen hatte. Und die Dame hatte mit Geld um sich geworfen, um sich eines Zeugen zu entledigen, gegen den ihr Begleiter nicht aufkam. Eine reine Notwendigkeit ...

Immer weiter schweifte seine Phantasie. Er stiefelte herum, stapfte ein paar Stufen der knarrenden Holztreppe hoch, kehrte unentschlossen um, stieg wieder hoch, wappnete sich, erreichte den schwankenden Balkon und griff nach der Türklinke.

Widerstandslos ließ sich die Tür öffnen. Sie war weder zugesperrt noch verriegelt. Das erschreckte ihn. Er holte den Dolch aus dem Gürtel und stieß die Tür ganz auf. Der Geruch von Räucherwerk, Gewürzen und Parfüms schlug ihm entgegen. Er trat ein und schloß leise die Tür hinter sich. Gedämpftes Licht fiel durch eine milchige Pergamentfensterbespannung und verlieh den Dingen Farbe: einem mit rostroter Seide überzogenen Diwan, verstaubten Vorhängen, Haufen von Kleidungsstücken und allem möglichen anderen.

Flügel flatterten. Mradhon wirbelte herum und duckte sich, doch was er sah, war lediglich ein großer schwarzer Vogel, der an ein Sims an der Türwand gekettet war. Sein Herzschlag beruhigte sich. Er richtete sich auf. Er hätte das Tier riechen müssen. Jeder im Hausinnern gefangengehaltene Vogel, vor allem von dieser Größe, strömte einen eigenen Geruch aus – aber Parfüm und Räucherwerk überlagerten ihn. Er schenkte dem Vogel keine weitere Beachtung, sondern betrachtete den Tisch mit der Brokatdecke, auf dem alles mögliche herumlag, was nur einer Frau gehören konnte.

Die Eingangsstufen knarrten. Von plötzlicher Angst ergriffen, schaute er sich um und huschte mit dem blanken Dolch in der Hand in die Schatten an den Wänden. Die Schritte erreichten die Tür. Der Vogel rührte sich und schwang die Flügel, als die Tür sich öffnete.

Zunächst waren nur die Umrisse einer schwarzgekleideten Gestalt zu sehen. Die Dame wandte sich ohne Zögern in seine Richtung, erschrak weder über seine Anwesenheit noch über den Dolch in seiner Hand, sondern schloß die Tür hinter sich, hob einen Arm und warf die Kapuze von einer Fülle mitternachtschwarzen Haares, die ein ernstes Gesicht umrahmten, zurück. »Mradhon Vis«, sagte sie ruhig. Sie *gehörte* in die Dunkelheit dieses Raums, zu all diesen schönen alten Dingen hier. Es war schier unvorstellbar, daß sie je durch Sonnenschein spaziert war.

»Hier bin ich, Lady«, rief er.

»Ischade heiße ich«, entgegnete sie. »Seht Ihr Euch in meiner Wohnung um?«

»Der Mann, mit dem Ihr vergangene Nacht zusammenwart – er ist tot!«

»Ich habe es gehört, ja.« Die Stimme war undeutbar und kühl. »Wir trennten uns. Traurig. Ein hübscher Junge.« Sie trat in den schwachen Schein des Pergamentfensters, nahm ein Räucherstäbchen aus einer Drachenvase und stellte es neben ein anderes, das bereits mit bleichem Rauch niederbrannte. Jetzt wandte sie sich wieder Vis zu. »Ich habe einen Auftrag für Euch. Ich nehme an, Ihr seid nicht zimperlich.«

»Selten.«

»Es wird sich lohnen. Gold. Und vielleicht – ein weiterer Auftrag.«

»Ich scheue nicht so leicht vor etwas zurück.«

»Das hoffe ich.« Sie ging auf ihn zu. Er erinnerte sich des Dolches und schob ihn hastig ihn die Hülle zurück. Ihre Augen folgten seiner Bewegung und blickten zu ihm hoch – ernst, so unendlich ernst. Vornehme Damen, wie er einigen begegnet war, wichen dem Blick eines Mannes aus, doch ihre Augen hielten seine fest, und er war es, der wegsehen wollte. Sie streckte eine Hand aus, berührte ihn fast. Eine Geste, die er als Aufforderung betrachtete, selbst etwas zu tun.

Doch schon hatte sie die Hand zurückgezogen, und der Moment war verflogen. Sie trat zu dem Vogel und gab ihm ein Stück Futter aus einer Schale in der Nähe des Simses. Das Tier nahm es und schlug mit den Flügeln.

»Was habt Ihr vor?« erkundigte sich Vis, ein wenig verärgert, weil sie sich mit allem anderen beschäftigte, wo doch so viel auf dem Spiel stand. »Etwas Ungesetzliches, nehme ich an.«

»Es könnten sich mächtige Feinde einmischen. Aber ich kann Euch gleichermaßen mächtigen Schutz zusichern. Und die Belohnung. Sie natürlich auch.«

»Wer soll sterben? Jemand – wie der Junge vergangene Nacht?«

Sie schaute sich um, hob eine Augenbraue, dann wandte sie ihre Aufmerksamkeit wieder dem Vogel zu und streichelte das schwarze Gefieder mit dem Zeigefinger. »Priester, vielleicht. Beunruhigt Euch das?«

»Nicht übermäßig. Ich frage mich bloß ...«

»Das Risiko gehe ich ein, genau wie ich die Folgen trage. Ich brauche lediglich jemanden, der mir die körperlichen Schwierigkeiten abnimmt. Ihr dürft mir glauben, ich weiß, was ich tue.«

Es roch nach mehr als nur Räucherwerk. Plötzlich

hing noch etwas anderes in der Luft – Zauberei! Er hatte es bereits geahnt, nachdem er zwei und zwei zusammengezählt hatte, obgleich es nicht das war, was man – überall erwartete, doch hier war es so. Im Labyrinth wurden Verbrechen auch auf diese, genau wie auf andere, Weise ausgeführt. Er hatte schon mit Zauberei zu tun gehabt, zumindest aus einiger Entfernung – er dachte an Belohnung, außer Gold. »Ihr habt also Schutz, sagtet Ihr?«

Ein zweites Mal dieser kühle Blick. »Ich versichere Euch, es ist alles genau bedacht.«

»Schutz auch für mich?«

»An Euch werden sie weit weniger interessiert sein.« Sie trat an den Tisch ins Licht, ein Schatten in ihm. »Heute abend werdet Ihr Euch das Gold verdienen, das ich Euch gab. Aber vielleicht, nur vielleicht, solltet Ihr jetzt wieder fortgehen – und zurückkommen, wann ich es Euch sage. Um zu beweisen, daß Ihr wißt, meine Tür ist nicht die Eure.«

Röte stieg in sein Gesicht, Worte wollten sich über seine Lippen drängen. Er dachte an das Gold und unterdrückte sie.

»Jetzt«, sagte sie. »Wegen des anderen, woran Ihr denkt – nun, vielleicht kommt das später, wer weiß? Ihr habt die Wahl, Mradhon Vis. Gold – oder das andere. Und Ihr könnt mir sagen, wofür Ihr Euch entschieden habt. Ah. Beides? Ehrgeiz! Lernt mich erst besser kennen, Mradhon Vis, ehe Ihr mir einen Vorschlag laut unterbreitet. Euch könnten meine Bedingungen nicht gefallen. Nehmt das Gold. Burschen wie Sjekso Kinzan sind bei weitem nicht so selten wie Männer Eures Schlages – und weit weniger zu betrauern.«

Also hatte sie den Jungen getötet. Ohne das Zeichen einer Verletzung, kalt und steif nahe der Tür, die vielleicht seine Rettung hätte sein können. Er dachte nach. Der Ehrgeiz blieb. Macht war es, was er wollte. Das war mehr als Geld, viel mehr.

»Geht jetzt«, sagte sie sanft, sehr sanft. »Ich will Euch nicht in Versuchung führen. Denkt daran, wir haben eine Abmachung. Geht!«

So durfte niemand zu ihm sprechen – zumindest nicht zweimal. Aber er stellte fest, daß er gehorchte, daß er zur Tür ging. Dort blieb er stehen und blickte zurück, um zu beweisen, daß er es konnte.

»Ich brauchte einen Mann Eurer Art«, sagte Sie. »In bestimmter Hinsicht.«

Er trat hinaus in die Sonne.

4

Es war eine Gegend, in die die Bewohner des Labyrinths selten kamen. Sein Führer und diese Gegend verursachten Hanse merkwürdiges Unbehagen, während sie so durch die saubereren und breiteren Straßen Freistatts eilten. Hier war nicht sein Revier, und keines seiner Verstecke, in die er flüchten könnte, befand sich in erreichbarer Nähe.

In einer weit vom Labyrinth entfernten Gasse blieb sein Führer stehen und schlüpfte aus einem zerlumpten Umhang, den er unter seinem ordentlichen getragen hatte. Er streckte ihn Hanse entgegen. »Zieht ihn an. Ihr möchtet hier doch sicher nicht erkannt werden.«

Hanse nahm ihn, nicht ohne Ekel. Der Umhang war grau und mit einer Unmenge von Flicken besetzt. Er schwang ihn sich um die Schultern und stellte fest, daß er ihm bis Wadenmitte reichte.

Auch eine scheinbar schmutzige Binde gab ihm der Führer. »Legt sie Euch um die Augen. Zu Eurer eigenen Sicherheit. Im Haus gibt es gewisse – Schutzmaßnahmen. Ersuchte ich Euch lediglich, die Augen zu schließen, könntet Ihr es im schlimmsten Moment vergessen. Und mein Meister hätte Euch gern unversehrt.«

Hanse starrte auf die Binde. Das Ganze gefiel ihm immer weniger. Vorsichtig zog er einen Dolch aus seiner Halterung am Arm und stieß damit bis knapp vor das Gesicht seines Führers.

Der Mann blinzelte weder noch zuckte er zurück. Hanse lief es kalt über den Rücken. Ganz dicht vor ein Auge führte Hanse die Klingenspitze. Auch jetzt rührte der Mann sich nicht. So schob Hanse das Messer in seine Armscheide zurück.

»Falls Euch Bedenken quälen, so läßt Euch mein Meister versichern, daß Ihr nichts zu befürchten habt. Doch seid Ihr erst im Innern, so späht unter keinen Umständen unter der Binde hervor. Meine Blindheit – hat ihre Gründe.«

»Gut.« Hanse knüpfte sich die Binde um. Er war keineswegs beruhigt, aber er hatte schon mehrmals mit übervorsichigen Bürgern besserer Viertel zu tun gehabt und zum Teil mit noch verrückteren und gefährlicheren Vorkehrungen. Auch hatte er schon Gerüchte über Enas Yorls Zuhause gehört, nicht gerade ermunternd.

Als der Blinde nach seinem Arm griff und begann ihn zu führen, erwachte Panik in ihm. Ihm gefiel diese Hilflosigkeit gar nicht. Sie kamen auf eine Straße – das schloß er aus dem veränderten Klang ihrer Schritte –, er spürte Augen auf sich, stolperte über eine Unebenheit des Pflasters, vernahm eine gezischte Warnung seines Führers, der an seinem Ärmel zog: »Drei Stufen hoch!«

Drei Stufen hoch und ein Moment des Wartens, während der Blinde eine Tür öffnete. Dann ein Zerren an seinem Ärmel, und kalte Luft schlug ihm entgegen, bis die Tür sich laut hinter ihm schloß. Unwillkürlich legte er eine Hand um die Messerhülle am Arm und spürte beruhigend den Griff unter den Fingern.

Ein neuerliches Zerren am Ärmel zog ihn weiter – sein Führer. Der Blinde, hoffte er, kein neuer. Er wollte seine Stimme hören. »Wie lange noch die Binde?« fragte er.

Links von ihm kratzten Krallen über Stein, etwas Schweres kroch hastig näher. Er machte einen verzweifelten Versuch, den Armdolch zu ziehen, doch sein Führer riß seine Hand zurück. »Beleidigt es nicht«, mahnte er. »Und versucht ja nicht, aus der Binde zu schauen. Kommt!«

Ein Reptil zischte, dem Laut nach ein sehr großes. Etwas berührte flüchtig seine Wade, wickelte sich um sein Fußgelenk, zog sich jedoch schnell zurück. Der Führer zerrte ihn weiter, fort von dem Reptil und offenbar einen Gang entlang, denn das Echo ihrer Schritte war zu beiden Seiten nicht sehr nah, jedoch voraus zu hören. Dann gelangten sie in einen Raum, in dem es nach glühenden Kohlen, heißem Metall und eigentümlich moschusartigem Räucherwerk roch.

Der Führer blieb zu seiner Rechten stehen. »Nachtschatten«, sagte eine neue Stimme, kehlig seufzend, zu seiner Linken. Unwillkürlich langte er nach der Augenbinde. »Schon gut«, sagte die Stimme, »nimm sie ab.«

Eine Gestalt, die Kapuze tief ins Gesicht gezogen, saß in diesem schmalen Marmorraum. Sie trug feine Gewänder in dunklem Blau und leuchtendem Silber. Und sie saß in tiefem Schatten neben einem Kohlebecken. Hanse blinzelte, jetzt, da der Druck der Binde auf seine Augen nachgelassen hatte. Die Gewänder schienen um die Brust anzuschwellen, und der rechte Arm mit der sichtbaren Hand – sie wurde dunkel, diese Hand, und dann – gewiß eine Täuschung seiner Augen, die sich erst wieder an das Licht gewöhnen mußten – wurde sie bleich und jung. »Nachtschatten.« Auch die Stimme klang jünger, klarer. »Du hast vergangene Nacht einen Freund verloren. Möchtest du wissen wie?«

Das erschreckte ihn. Es war eine Drohung, die er verstand. Seine Hand näherte sich unsicher dem Armmesser, während er sich immer mehr, keineswegs blinde Diener in den tiefen Schatten ausmalte.

»Sie heißt Ischade«, sagte Enas Yorl, nun mit rauherer Stimme – und war seine Gestalt jetzt nicht etwas kleiner und breiter? »Sie ist eine Diebin. Und sie brachte Sjekso Kinzan um. Willst du noch mehr wissen?«

Hanse täuschte Gleichmut vor, streckte den Arm aus, mit der Handfläche nach oben. »Geld hat mich hierhergebracht. Wenn Ihr wollt, daß ich weiter zuhöre, müßt Ihr für meine Zeit bezahlen.«

»Sie ist in deiner unmittelbaren Nachbarschaft. Allein diese Auskunft dürfte dir mehr wert sein als Geld.«

»Wie, sagtet Ihr, heißt sie?«

»Ischade. Eine Diebin. Und sie ist besser als du, Nachtschatten. Deine Messer können sie vielleicht nicht aufhalten.« Die Stimme wurde noch rauher. »Doch du bist geschickt und klug. Das habe ich gehört. Von – nun, das spielt keine Rolle. Ich habe meine Quellen. Du sollst außergewöhnlich verschwiegen sein.« Er bewegte die Finger, deutete seitwärts. »Darous, gib ihm das Amulett.«

Der Blinde zog etwas aus dem Gewand. Hanses Blick huschte von dem Zauberer, den er im Auge behalten wollte, zu diesem Ding, das ihn ablenkte:

eine goldene Träne, die sich blitzend an einer Kette drehte.

»Nimm es«, forderte Enas Yorl ihn auf, die Stimme noch rauher. Ein Seufzen wie die See, oder wie heißes Eisen, das man in kaltes Wasser taucht. »Diese Ischade stiehlt von Zauberern – Formeln und dergleichen. Ihre eigenen Fähigkeiten in dieser Hinsicht sind gering – aber sie beging einmal einen Fehler, und die Zauberstrafe, die ihr auferlegt wurde, ist keinesfalls gering oder ungefährlich. Ein Mann, der das Bett mit ihr teilt – sollen wir es so nennen? – bekommt es zu spüren. Er stirbt – aus keinem ersichtlichen Grund. Wie dein Freund Kinzan. Wie Dutzend andere, von denen ich hörte. Dieser Fluch schlägt sich auf ihr Gemüt. Stell dir vor, Liebsten um Liebsten zu verlieren. Wenn ich dir den Auftrag gebe, Nachtschatten, wirst du froh um jeden Schutz sein, den ich dir bieten kann. Also nimm das Amulett!«

»Wer sagt, daß ich überhaupt Aufträge annehme?« Hanse blickte unglücklich vom Diener zum Herrn. Die Hand, die nun aus dem Gewand ragte, war die zarte, zerbrechliche einer zierlichen Frau. »Wer sagt, daß mich Dutzend Sjeksos etwas kümmern? Ich kümmere mich um mich! Sjekso interessiert mich nicht! Ich halte mich aus dieser ganzen Sache raus. Ich will nichts damit zu tun haben!«

»Dann wirst du laufen, nicht wahr, und anderswo stehlen, wo es sicherer ist.« Die Stimme knirschte, als scharrten Steine gegeneinander. »Und du mißachtest mein Gold und meinen Schutz – obwohl du beides vielleicht brauchen wirst. Es ist nichts Besonderes, worum ich dich bitte. Du sollst sie bloß beschatten. Habe ich etwa verlangt, daß du selbst gegen sie vorgehst? Nein! Ich möchte nur, daß du mir einen kleinen Gefallen tust, für den du gut bezahlt wirst. Und

Gefallen wie diesen tust du nicht das erste Mal. Wäre es dir lieb, es würde bekannt, daß du für – höhere Stellen arbeitest? Deinem letzten Auftraggeber würde das gar nicht gefallen. Er würde deshalb nicht gegen mich vorgehen, o nein. Aber wie sieht es mit dir aus? Wie lange, glaubst du, wirst du noch leben, Dieb, wenn deine Verbindungen bekannt würden?«

Hanse hatte den Atem eingesogen, jetzt zwang er sich zu einem Grinsen und nahm eine lässigere Haltung ein, er stemmte eine Hand in die Hüfte. »Also gut. Ihr bezahlt in Gold, sagtet Ihr?«

»Wenn der Auftrag durchgeführt ist.«

»Nein, sofort!«

»Darous, gib ihm einen Vorschuß – und das Amulett!«

Hanse wandte sich von dem Zauberer ab, dessen Stimme einen seltsam zischenden Klang angenommen hatte – und die Hand, die gerade noch dagewesen war, war verschwunden. Hanse nahm die Kette und schlang sie sich um den Hals. Das Amulett schmiegte sich an seine Kehle, es war bitter kalt und trotzdem brannte es. Der Diener streckte den Arm aus und reichte Hanse seinen Beutel. Auch ihn nahm Hanse. Er wog ihn ab, dann öffnete er ihn und starrte auf das reichliche Gold und Silber. Sein Herz pochte heftig, und er spürte das Metall des Amuletts, das sich doch eigentlich auf seiner Haut erwärmen müßte, wie einen Eisklumpen. Es verursachte ihm ein ungutes Gefühl, das sich zwar von Augenblick zu Augenblick veränderte, doch durchaus nicht angenehmer wurde.

»Also, was soll ich tun?« fragte er. »Und wo soll ich anfangen?«

»Da ist ein Haus«, erklärte eine Frauenstimme zu seiner Rechten. Er drehte sich nach ihr um, blinzelte, doch da war nur die vermummte Gestalt im Sessel.

»Das siebte am oberen Schlangenweg, auf der rechten Seite, wenn du von Acbans Durchgang kommst. Dort wohnt sie. Paß auf, was sie sagt und wohin sie geht. Versuch nicht, sie aufzuhalten. Ich möchte nur wissen, weswegen sie nach Freistatt kam.«

Hanse seufzte erleichtert, obgleich die Gewänder des Vermummten sich bereits wieder bewegten. Er empfand plötzlich ein wildes Selbstvertrauen (vielleicht des vollen Beutels wegen). Es würde so einfach sein, er würde noch mehr Geld bekommen und seinen Auftraggeber zufriedenstellen! Einen Auftraggeber, der mächtig und reich war. Hanse Nachtschatten, Hanse der Dieb, Kleinhanse das Messer – hatte Freunde in hohen Positionen, etwas völlig Unerwartetes. Er sonnte sich in diesem Bewußtsein, schob den Beutel in sein Hemd und achtete nicht auf die Kälte an seinem Hals. »Dann werde ich also von Zeit zu Zeit hierherkommen, um Euch zu berichten.«

»Darous wird dich von Zeit zu Zeit aufsuchen«, entgegnete dieselbe Stimme wie vorher. Zwischen den Verwandlungen schien eine Pause eingetreten zu sein. »Verlaß dich darauf. Einen schönen Tag noch. Darous begleitet dich hinaus.«

Hanse machte einen höfischen Kratzfuß, wandte sich dem Diener zu und bedeutete ihm, daß er gehen wolle.

»Die Augenbinde«, erinnerte der Blinde ihn. »Benutzt sie, Meisterdieb. Mein Herr würde einen Unfall bedauern, vor allem jetzt.«

Hanse legte eine Hand um die Metallträne, die wie Eis an seinem Hals hing, und blickte den Zauberer empört an. »Ich dachte, das hier sollte mich vor dergleichen beschützen!«

»Habe ich das gesagt? Gewiß nicht. Es wäre voreilig, sich darauf zu verlassen. Es gibt so allerlei, gegen das es absolut keinen Schutz bietet. Meine Wächter auf dem Korridor, beispielsweise, würden es nicht einmal bemerken.«

»Wofür ist es dann gut?«

»Für sehr viel – am richtigen Ort. Angst, Dieb?«

»Pah!« machte Hanse. Er lachte, drehte sich auf dem Absatz, faßte den Blinden am Arm und machte sich daran, mit ihm den Raum zu verlassen. Aber da erinnerte er sich der Bewegung auf dem äußeren Korridor, an das, was gegen sein Bein gestreift war ... »Na gut, na gut«, brummte er plötzlich. Er gab den Arm des Dieners frei, um die Binde wieder vor die Augen zu legen. »Na gut, verdammt, warte.«

Als der Dieb fort war, erhob Enas Yorl sich. Seine Form hatte sich gefestigt, zu einer angenehmeren Gestalt als meistens. Er ging einen Raum tiefer und betrachtete die zarten schönen Finger, die zu berühren ein reines Vergnügen war – aber um so schlimmer würde es sein, wenn er sich wieder zu verändern begann – im nächsten Moment oder auch erst morgen.

Diese ständigen Verwandlungen waren ein Racheakt, kein sehr feiner, aber auch der Hexer, dem er diesen Fluch verdankte, war nicht sehr fein gewesen. Das war auch schließlich der Grund gewesen, warum seine junge Frau sich Enas Yorl damals in ihr Bett geholt hatte – einen jüngeren Enas Yorl, aber Alter bedeutete ihm nun nichts mehr. Die Gestalten, die der Fluch ihm verlieh, konnten alt oder jung sein, männlichen oder weiblichen Geschlechts, menschlich oder nicht. Und die Jahre machten ihm Angst. So viele hatte er gehabt, Meister seiner Kunst zu werden, doch seine Kunst half ihm nicht, den Zauber eines anderen aufzuheben. Das konnte niemand. Daß einige seiner Formen jung waren, ließ darauf schließen, daß er nicht alterte, daß es kein Ende dieser Qualen gab – niemals.

Doch in letzter Zeit starben auch Zauberer in Freistatt. Hätte er dem Dieb gesagt, worum es wirklich ging, hätten selbst Drohungen ihn nicht dazu gebracht mitzumachen. Aber an diesen Toden war Enas Yorl geradezu inbrünstig, verzweifelt interessiert. Ischade – Ischade ... Schlimme Gerüchte hafteten diesem Namen an. Ischade: eine Zauberdiebin; eine Jägerin von Zauberern; eine, die Schatten und Geheimnisse umgaben. Ischade, die Grund hatte, die Opfer zu hassen, die sie wählte.

Und alle ihre Bettgefährten starben, einen sanften Tod die meisten, doch in dieser Beziehung war Enas Yorl nicht wählerisch.

Er blieb kurz stehen, hörte, wie die Haustür sich schloß. Der Dieb war auf dem Weg; Dieb gegen Diebin. Eine plötzliche Kälte ließ Enas Yorl heftig schaudern. Zauberer starben in Freistatt. Diese Möglichkeit faszinierte ihn, erfüllte ihn mit Hoffnung und Furcht. Mit Furcht, weil Gestalten wie seine jetzige ihn zum Feigling machten, ihn erinnerten, welche Freuden das Leben zu bieten hätte. Ja, zu solchen Zeiten fürchtete er den Tod – während der Dieb, den er ausgeschickt hatte, ihn für ihn suchte.

Darous kehrte zurück und blieb auf den Marmorfliesen stehen.

»Gut gemacht«, lobte Enas Yorl.

»Soll er beschattet werden, Gebieter?«

»Nein«, antwortete Enas Yorl. »Nicht nötig. Durchaus nicht nötig.« Abwesend schaute er sich um. Eine leichte Übelkeit verriet ihm, daß er sich wieder verändern würde. Er floh, immer schneller wurden seine Schritte auf dem Marmor. Darous konnte nichts sehen – Darous ahnte, spürte, doch das war etwas anderes. Aber da war der Stolz.

Innerhalb einer Stunde, in einem dunklen Winkel des Hauses, während die Basilisken durch die Gänge streiften, wimmerte etwas in den Falten der dunklen Vermummung, etwas, dem die Schönheit genommen war, und es sehnte sich nach dem Tod.

Darous, der nichts sah, spürte das Wesen dieser Verwandlung, und beschäftigte sich in anderen Teilen des Hauses.

Die Basilisken, deren kalte Augen sehr wohl sehen konnten, wanden sich in ihrem geschmeidigen Schuppenpanzer und hasteten, von dem Blick des Wesens wie durchbohrt, von dannen.

5

Nicht viele Frauen besuchten das Einhorn, zumindest nicht viele der höheren Schichten. Diese Dame setzte sich allein an einen Tisch und sorgte dafür, daß es dabei blieb. Ein angetrunkener Stammgast torkelte heran, beugte sich näher und erbot sich, sich zu ihr zu setzen. Aber eine lange Hand löste sich aus den schwarzen Gewändern, und ihre gleichmütige Geste bedeutete ihm, daß sie alleingelassen werden wollte. Ein Ring glänzte, eine silberne Schlange. Mit verschwommenem Blick starrte der Betrunkene darauf, auf die makellos langen Nägel, in die dunklen Mandelaugen unter der ins Gesicht gezogenen Kapuze. Da schien seine Benebelung noch stärker zu werden, so daß er all die hübschen Sprüche vergaß, die er sich ausgedacht hatte, ja sogar vergaß, den Mund zu schließen. Auf eine zweite Geste der schmalen braunen Hände vergaß er überhaupt alles und taumelte verwirrt weiter.

Magie, dachte Cappen, der in einer Nische neben der Hintertür saß. Irgendwie wurde in letzter Zeit

Chaos im Einhorn spürbar, ein gewisser Mangel an Autorität, die für Ruhe gesorgt hatte, und schon kam es zu solchen Vorfällen. Aber diese Dame war etwas völlig Ungewöhnliches – wie es auch das Einhorn früher gewesen war. Eine Dame, eine Fremde hier. Die dunklen Gewänder, ihr feiner Stoff und Schnitt, reizten den Spielmann in ihm. Wie von selbst bewegten seine Finger sich auf der Tischplatte mit den feuchten Ringen. Er dachte an ein Lied und zupfte an den imaginären Saiten seiner Laute, die er (wieder einmal) im Pfandhaus hatte, und er dachte – merkwürdigerweise – an Hanse Nachtschatten, in einem völlig belangslosen Gedankengang, so wie Hanse ihm heute den ganzen Tag nicht aus dem Kopf gegangen war. Sjekso tot, Hanse spurlos verschwunden, und es wurde Nacht ... Ganz bestimmt hatte Hanse etwas vor. Er war heute weder gesehen noch gehört worden, und man raunte etwas im Einhorn, das immer glaubhafter wurde: von Rache munkelte man, und es fehlte nicht viel, daß Wetten abgeschlossen würden, wer überleben würde – Mradhon Vis oder Hanse –, falls die beiden aufeinanderstießen. Und von noch mehr sprach man: von einem Blinden, der sich ohne Hilfe im Einhorn zurechtgefunden und Hanse geradezu hinter sich hergezogen hatte – ein Blinder, aber kein Bettler, ein Mann, den man mit finsteren Geheimnissen zu umgeben begann.

Es war eine, gelinde gesagt, unangenehme Geschichte. Cappen war nicht blutrünstig. Daß Hanse hinter Vis herpirschen sollte – er fand es unwahrscheinlich. Hanse war aufbrausend und prahlerisch. Wenn jemand pirschte, dann schon eher Vis. Hanse wäre schlecht beraten, dem Burschen mit dem finsteren Gesicht nachzujagen – es würde Hanse ganz gewiß mehr Unannehmlichkeiten einbringen, als er wollte. Schon eher glaubte er, daß

Hanse sich irgendwo verkroch, falls Vis ihn noch nicht erwischt hatte. Cappen griff nach seinem Becher. Plötzlich verengten sich seine Augen. Zwar zögerte die Hand nicht, die den Becher an die Lippen führte, aber er trank sehr langsam und nachdenklich: Er sah zu, wie ein zweiter Mann versuchte die Dame anzusprechen.

Dieser Mann war Mradhon Vis! Ruhig trat er an den Tisch – und wurde nicht abgewiesen. Die Dame hob Gesicht und Augen zu ihm. Wahrhaftig eines Liedes wert, dieses Gesicht, so dunkel und ernst es auch war. Und als ihre Augen zu Mradhon Vis hochblickten, stand die Dame schweigend auf und schritt in Vis' stummer Begleitung zur Hintertür der Gaststube. Nur ein paar Köpfe wandten sich ihnen gleichmütig zu. Cappen jedoch verspürte ein leichtes Kribbeln im Nacken, ein Gefühl, das er gut kannte. Seine Finger legten sich um das Amulett an seinem Hals: eine zusammengerollte Silberschlange – ein Geschenk, ein Schutz gegen Zauber, und wirksamer als die meisten von Priestern geweihten Amulette – auf seine Art, natürlich. Voller Unbehagen, das um so größer war, weil niemand sonst in der Schenke es zu bemerken schien, sah er, wie Mradhon Vis und seine finstere Begleiterin sich bewegten, in gemeinsamer Absicht und seltsamer Drohung.

Das Grauen wandelte seit einiger Zeit durch Freistatt. Menschen starben, und ihr Tod ließ einen unwillkürlich daran denken, sich Zauberschutz zu beschaffen und froh zu sein, wenn man ihn hatte. Denn wo die Großen und Mächtigen einen plötzlichen Tod fanden, mußten dunkle Mächte dahinterstecken, noch bedacht in ihrer Wahl der Opfer, aber vielleicht nicht immer. Da war Sjekso Kinzan gewesen, weder groß noch mächtig. Cappen fragte sich, ob ein Amulett wie seines ihn schützte oder im

Gegenteil auf ihn aufmerksam machte. Und als die Dame mit Mradhon Vis an seinem Tisch nahe der Tür vorbeikam …

Einen Moment blickte Cappen hoch und die Dame zu ihm hinab, und es war mehr in ihrem Blick, als ihm gefiel. Und nun war das Prickeln um das Amulett ganz stark, während er mit dem Gefühl tödlicher Gefahr in diesen dunklen Augen zu versinken schien. Ihm war, als hinge sein ganzes Leben in der Schwebe und der geringste Anlaß könne es ihm rauben. »Ihr seid schön«, murmelte er, denn wenn das Amulett wirken sollte, mußte er drei Wahrheiten äußern. »Ihr seid gefährlich – und fremd hier.«

Sie blieb kurz stehen, griff nach seinem Becher auf dem Tisch, nippte daran, setzte ihn wieder ab, und alles mit einer Spur gespenstischer Belustigung oder Drohung, die gegen ihn gerichtet war. Gegen ihn, der als einziger in der Schenke, außer Mradhon Vis – oder konnte er nicht mitgezählt werden? – sie mit klarem Kopf sah und mit dem irritierenden Bewußtsein, daß alles an dieser Frau unheimlich war.

Sie lächelte ihn an mit weißen Zähnen hinter leicht geöffneten Lippen, einem Blitzen in den dunklen Augen und einer Miene, die verriet, daß ihr gefiel, was sie sah. Und alles an ihm, was er so sorgsam pflegte, seine angenehme Erscheinung, so anders als die der meisten, seine Begabung, seine, obgleich etwas abgetragene, vornehme Kleidung – all das brachte ihn in Gefahr, zeichnete ihn, hob ihn von den andern ab. Und was wohl am meisten zählte: Sie wußte, daß er sich ihr widersetzte.

Da ging sie weiter, durch die Tür, die Mradhon Vis für sie aufhielt. Mit einem Luftzug und einem plötzlichen Krachen der Tür war sie verschwunden. Cappen brauchte einen Schluck, aber seine Hand scheute vor dem Becher zurück, den sie gerade erst abgesetzt hatte, dem Metall, das ihre Lippen berührt hatten, und dem Wein, den sie gekostet hatte. Er schob die Bank zurück, und sie scharrte laut, über den Lärm der anderen Gäste hinweg zu hören, über den Boden. Zögernd blickte er auf die Tür neben sich, zauderte, in die einbrechende Dunkelheit zu treten.

Aber da waren Mradhon Vis und der tote Sjekso, so ganz ohne äußere Todesursache; und Hanse, der verschwunden war, auf der Jagd nach Mradhon Vis, wie alle im Labyrinth annahmen ...

Hanse hatte sich da in etwas hineingeritten, das vermutlich sein Tod war. Doch was das Cappen Varra anging, war Cappen selbst nicht klar. Nur, er hatte in letzter Zeit oft mit Hanse im Einhorn zusammengesessen, mit dem kleinen und seit kurzem erfolgreichen Dieb und Grobian, der – fast pathologisch – vornehm werden wollte; der fast alles, was in seine Hände kam, für feine Sachen ausgab; einen Umhang – ihr Götter! Dieser Umhang! Cappens edle Seele schauderte. Doch zumindest lebte in Hanse, im Gegensatz zu all den anderen Gaunern im Labyrinth, die Sehnsucht nach Höherem, Besserem.

Sein Gewerbe hatte Hanse gezeichnet ... Aber was war mit ihm selbst? Cappen blieb stehen und starrte vor sich hin. Es war jedenfalls sicherer, den Dingen entgegenzugehen, als sie von hinten auf sich zukommen zu lassen – später und unerwartet. Leise öffnete er die Tür. Mit der Hand um den Degengriff betrat er die hintere Gasse. Er erinnerte sich, daß Sjekso gestern das Einhorn durch dieselbe Tür verlassen hatte. Dunkelheit erwartete ihn zwischen dem Durcheinander von alten Fässern und Flaschen. Die Frau in Schwarz war verschwunden und Vis mit ihr; in welche Richtung wußte Cappen nicht.

Seine Geduld wurde belohnt. Vis, bei den Göttern, und diese Ischade, zusammen. Hanse kauerte sich tiefer in die Schatten der Gasse. Eisige Schauder rannen über seinen Rücken, seine Finger strichen über den glatten Griff seines linken Stiefelmessers. Das brachte ihm die eigene Rache in Reichweite. Yorl wollte die Frau, und wenn Yorl mit ihr abrechnete, gehörte Vis dazu. Hanse bemühte sich, regelmäßiger zu atmen und beruhigte sich mit wilden Wunschgedanken: zunächst einmal die Beendigung dieser Yorl-Sache, und dann, daß Yorl sich Vis vornahm, damit die Straßen wieder sicherer wurden fur Hanse Nachtschatten. Beschatte sie, hatte Yorl ihm aufgetragen, und das würde er tun, aber er wäre glücklich, wenn sie sich für die Nacht zurückzögen ...

Sie bogen jedoch nicht in die Richtung des Hauses ab, das er beobachtet hatte, sondern in die entgegengesetzte Richtung zum unteren Teil der Serpentine. Fluchend verließ Hanse sein gutes Versteck und folgte ihnen vorsichtig durch den Unrat der Gasse und hinaus auf den breiteren Weg. Der Mond war noch nicht aufgegangen, so kam das einzige Licht aus der Stadt selbst: ein schwaches Glimmen in einem Nebelstreifen, der sich dem Hafen entgegenneigte und mit dem Himmel verschmolz. Es versprach wieder eine Nacht zu werden, in der das Licht sich durch milchige Schleier kämpfen mußte: eine Nacht für Diebe und Schlimmeres.

Das Paar ging die Serpentine entlang, unerschrokken wie Hafenhuren. Aber im Labyrinth war man vor allem des Nachts so manches gewohnt: Masken, Vermummungen, vornehme Gewänder in leuchtenden Farben, denen man in der Dunkelheit nicht ansah, wie fadenscheinig und abgetragen sie waren. Doch dieses Paar fiel gerade durch seine Unauffälligkeit auf. Die Frau in ihrem schwarzen Kapuzenumhang mochte man für einen Priester halten und den Mann für einen etwas ungewöhnlichen Tempelwächter.

Hanse folgte ihnen beharrlich; darin war er recht geschickt. Das erklärte zumindest, was Hanse vorhatte, und widerlegte Cappen Varras Einschätzung von Hanse als Prahlhans. Cappen blieb an der Ecke stehen; von dort aus konnte er die drei gut sehen. Mit einer Spur grimmiger Belustigung blickte er über die Schulter und überlegte, daß das Ganze sich zu einem Zug durch die dunklen Straßen entwickelte: die Dame mit Vis, dann Hanse, und nun auch noch er. Aber zumindest sah er keinen fünften, der ihnen folgte.

Hanse schlängelte sich wie gleichmütig durch den Verkehr, mit erstaunlichem Geschick, fand Cappen. Er hatte Hanse noch nie bei der Arbeit gesehen, jedenfalls nicht auf diese Weise. Er hatte auch nie wirklich daran denken wollen, daß mehr in dem zierlichen Dieb stecken könnte als seine Reizbarkeit, sein flinker Umgang mit den Messern und seine Eitelkeit, was ihn gefährlich machte. Doch nachdem er dies nun beobachtet hatte, war es das Vernünftigste, ins Einhorn zurückzukehren, bei dem Spiel, mit dem man sich heute dort beschäftigte, mitzumachen – seine gegenwärtig einzige Hoffnung, zu Geld zu kommen – und Hanse völlig zu vergessen; sich nichts mehr daraus zu machen, falls Hanse steif und kalt wie Sjekso gefunden würde – denn so, wie er sich benahm, würde es wohl dazu kommen. Doch da war etwas an dieser Sache, die ihn als Minnesänger reizte, die Vermutung, es gäbe etwas, das zu beobachten nützlich wäre. Vielleicht war es die Überzeugung, daß Hanse weit tiefer in dieser gefährlichen Sache steckte, als er ahnte; und daß er, ohne blutige Zuflucht zu dem Degen an seiner Seite nehmen zu müssen, den Rachesuchenden einholen und ihm die

Sache ausreden könnte. Hanse war der einzige mögliche Verbündete in seiner Lage. Die Dame hatte ihn im Einhorn *angeblickt,* und da war dieses ungute Bild, das sich nicht verdrängen ließ: Hanse am Morgen vor der Tür liegend, und er selbst einen Tag später. Ein makaberes Phantasiebild mochte es sein, aber das eisige Prickeln auf seinem Rücken schwand nicht. Nun brauchte er Hanse nur noch einzuholen und aufzuhalten, und das erschien ihm, als wolle er einen Schatten fassen. Cappen war an sein selbstsicheres Auftreten gewöhnt und blickte hinab auf die Tölpel und Tunichtgute im Labyrinth. Er verfügte über eine erstaunliche Anmut in jeder Situation.

Doch nicht, wie er so im Dunkeln durch das Labyrinth schlich. Hanse war hier in seinem Element, während Cappen ihm fast ungeschickt den Schlangenweg entlang folgte in die eigentliche Stadt, wo das Gesetz waltete und ein gesuchter Dieb keineswegs sicher war. Die Häuser und Werkstätten hier waren fester gebaut, und erstere wurden schließlich immer prächtiger, während letztere hinter Mauern verborgen waren. Eine Weile befanden sich kaum Fußgänger auf der Straße, und Cappen blieb weiter zurück, in der Befürchtung, das Paar dem Hanse folgte, könnte ihn bemerken, und gerade das wollte er vermeiden.

Noch eine Straße und eine weitere und hin und wieder ein Durchgang zu engeren Gassen, wo Hanse noch vorsichtiger war, wie Cappen sah, in denen die vier sich nahezu allein aufhielten, und wo eine falsche Bewegung die Aufmerksamkeit des Paares erregen konnte. Hier blieb Cappen immer weit zurück, und einmal befürchtete er schon, er hätte die anderen verloren. Doch um die Ecke herum kamen sie wieder in Sicht. In diesem Moment schaute Hanse über die Schulter. Cappen, der sich an Hanses Geschicklichkeit mit seinen Wurfmessern erinnerte, hoffte, der Dieb würde ihn so, wie er sich an einen Stapel Fässer drückte, für einen Teil derselben halten. Der Nebel senkte sich allmählich, und das Licht wurde trügerisch, das Pflaster glitschig. Immer noch schritt das Paar dahin, hinaus aus dem Kaufmannsviertel zum Tempelviertel, vorbei am Park des Himmlischen Versprechens, wo Dirnen, etwas mitgenommen vom Nebel, auf ihren Stammbänken wie gebadete Mäuse saßen. Sie bogen in die Tempelallee ein. Cappen begann zu frösteln und hüllte sich enger in seinen Umhang. Er staunte über die drei vor ihm, die sich, sowohl Beschattete wie Verfolger, mit gleichbleibender unermüdlicher Zielstrebigkeit bewegten.

Eine Gasse, ein plötzliches Einbiegen, das für Hanse offenbar unerwartet gekommen war, ganz in der Nähe des prächtigen Kuppeltempels von Ils und Shipri. Dort drückte Hanse sich in den Schatten, und Cappen verlor ihn zwischen den Strebepfeilern und Statuen des vorstehenden Tempelflügels aus den Augen.

Da trat die Dame in Schwarz auf die Straße, stieg die Freitreppe des Ils-und-Shipri-Tempels hoch, auf die Tempelwächter zu, die zu dieser unsicheren Zeit Posten vor dem ständig offenen Portal bezogen hatten – vier gut bewaffnete Männer, die sofort die Hand um den Griff ihrer Schwerter legten, wenn sich ihnen jemand näherte. Die Dame warf ihre Kapuze zurück, die Schwerter blieben in der Scheide, die Hände unbewegt, die Männer benommen wie die Gäste im Einhorn.

Da rührte sich ein anderer Schatten von der unbewachten Seite der Treppe her, ein Mann aus dem Dunkeln, Messer in der Hand, mit schnellen schleichenden Schritten ... Cappen fühlte sich nun noch unbehaglicher und dachte sich, ein wandernder

Minnesänger hätte im Einhorn eine sicherere, trockenere Nacht verbringen können.

Beschatte sie, hatte der Zauberer gesagt. Hanse drückte sich im knappen Schatten einer Verzierung dicht an die Wand und beobachtete schaudernd, blinzelte entsetzt, während es geschah, daß vier Männer starben, ohne die Klinge gezogen zu haben. Nur der letzte versuchte noch sich zu verteidigen, doch Mradhon Vis durchschnitt ihm in unverkennbarem, schnellem Zug die Kehle. Wieder blinzelte Hanse, als er zu seiner Bestürzung feststellte, daß die schwarzgewandete Dame verschwunden war. Mradhon Vis kauerte allein an der blutigen Schwelle. Hanse befingerte sein Gürtelmesser wie einen schützenden Talisman. Er wollte nichts weiter, als reglos hier stehenbleiben, doch die eisige Kälte an seiner Halsgrube gemahnte ihn daran, was er hier zu tun hatte und mit wem er sonst Schwierigkeiten bekommen würde. So wartete er und ließ sich nicht die geringste Bewegung Mradhon Vis' entgehen, der über den Leichen der Wächter kauerte – jede Bewegung des Mannes, der sich der Habseligkeiten der Toten bemächtigte, jeden Blick, den er auf nächtliche Fußgänger in der Tempelallee warf, von denen jedoch keiner ihn bemerkte, sah Hanse.

Die Dame ließ sich Zeit im Tempel – aber vielleicht war auch erst eine Minute vergangen, Hanse hätte es nicht zu sagen vermocht. Unruhig verlagerte er sein Gewicht, schließlich wappnete er sich, schlich aus seiner sicheren Deckung – während Vis den Kopf einem Geräusch auf der Allee zuwandte –, vorbei an einer freien Stelle und in die Gasse neben dem Tempel, aus der Vis und die Dame gekommen waren.

Er erreichte die ersten drei vergitterten Fenster.

Lautlos zog er sich an den Gitterstäben hoch, um ins Innere zu blicken. Der Atem pfiff durch seine Zähne, und sein Magen verkrampfte sich – eine, die Zauberer bestahl, hatte Enas Yorl gesagt, und nun eine Diebin, die Götter beraubte. Das traf ihn. Nicht, daß er sich in das Haus der Stadtgötter drängte oder ihnen Opfer brachte; aber er fand, daß es für die Verwegenheit eines Diebes Grenzen geben mußte – oder alle hatten darunter zu leiden. Es war sein Handwerk, seine Kunst, in die diese Dame sich hier einmischte. Sie waren alt diese Götter und gehörten zu Freistatt, wie es bei den neuen des rankanischen Kaisers nie der Fall sein würde. Dieses Weib, diese Ausländerin, diese Zaubererdiebin, kletterte doch wahrhaftig auf den Schoß des bärtigen Ils und hob die sagenhafte Halskette der Einigkeit über seinen Marmorkopf.

»Shalpa«, fluchte Hanse lautlos. Vorsichtig ließ er sich wieder in die Tiefe gleiten, während die Metallträne eisig an seinen Hals drückte und ihm ein kalter Schauer über den Rücken lief. Enas Yorl wollte also einen Bericht. Und die Götter des alten Ilsig wurden von einer ausländischen Hexe beraubt, während die Rankaner mit ihren neuen Gottheiten daherkamen, mit Baugerüsten für neue Tempel, mit ihren Plänen und der offensichtlichen Absicht, den alten Göttern von Ilsig die Macht zu rauben. Prinz Kadakithis und die rankanischen Götter; und »empfohlen«, hatte Enas Yorl gesagt und einen Dieb ausgeschickt, um auf diesen Diebstahl an Göttern zu achten.

Mit einem Gefühl, als geriete die Welt aus den Fugen, drückte Hanse sich in sein Versteck. Hier gingen Dinge vor, mit denen ein gewöhnlicher Dieb nichts zu tun haben sollte. Zu seinem Unbehagen hatte er Kittycat einmal ausgeholfen – und nun war es möglich, daß Enas Yorl seine eigenen Pläne hatte.

Für die er sich seine Hilfe gesichert hatte.

Leichte Schritte am Tempelportal warnten ihn. Er duckte sich und hielt den Atem an. Ischade kehrte zu Mradhon Vis zurück. »Geschafft«, hörte er sie sagen. Und: »Hier sind wir fertig. Sehen wir zu, daß wir wegkommen.« Ein Fremder wie Mradhon Vis, der nicht aus Ilsig war, hatte natürlich keine Bedenken, Ilsig-Priester zu töten und Ilsig-Götter zu berauben.

Etwa gar im Auftrag des Kaisers? fragte sich Hanse. Doch solche Gedanken waren nichts für einen Dieb, und er spürte, wie ihm der Schweiß über die Rippen rann, trotz der kalten Nacht. Er war sich gar nicht sicher, auf welcher Seite Yorl stand – und er überlegte, ob er sich nicht das Amulett vom Hals reißen, in die Gasse werfen und einfach weglaufen sollte.

Aber für wie lange? Und wie weit würde er kommen? Schaudernd dachte er erneut an den Zauberer und seine Verbindungen, an Sjekso, und an Kadakithis: ein Prinz, der einem Dieb für einen Dienst seine Dankbarkeit bewiesen hatte, der jedoch sehr gefährlich werden konnte, falls ihm gewisse Gerüchte zu Ohren kamen – die Yorl mühelos verbreiten könnte.

Das Paar nahm den Weg zurück, den es gekommen war. Er folgte ihm, weil er keine andere Möglichkeit für sich sah.

Immer erstaunlicher, diese mitternächtliche Wanderung! Cappen drückte sich in sein Versteck, zuerst, als sich das ungleiche Paar näherte, und erneut, als er Hanse kommen sah, der es beschattete wie zuvor.

Es kam also zu keiner Auseinandersetzung. Sie gingen fort, mordeten und kamen zurück, und Hanse folgte ihnen, nachdem er gesehen hatte, was geschehen war. Das paßte so gar nicht zu Hanse. Cappen vermutete irgendwelche Motive, die er sich nicht vorzustellen vermochte. Sicher war er bloß, daß

Hanse sich nicht von sich aus so verhielt. Er erinnerte sich der Art und Weise, wie die Dame zwischen den Gästen des Einhorns hindurchgegangen war; wie sie mit ihrem Begleiter durch die Straßen wanderte, wohin es ihr gefiel; und wie tapfere Wächter starben, als wären sie Schafe auf der Schlachtbank ...

Die Erleichterung, die Cappen verspürte, als er sah, daß Hanse durchaus lebendig war und nicht steif in der Gasse lag, wurde jedoch schnell von dem Grauen verdrängt über die Stille, mit der alles geschah und der offenbaren Unbekümmertheit, und auch von der Furcht, welche diese Wanderung durch die Straßen in ihm auslöste. Der Zug, den er anfangs als belustigend empfunden hatte und der es auf dem Rückweg ebenfalls hätte sein können, erschien ihm nun durch und durch makaber. Deshalb unterließ er es auch, sich Hanse bemerkbar zu machen, als er die Gelegenheit dazu hatte, ohne von dem Paar gesehen zu werden. In dem flüchtigen Moment, als Hanse an seinem Versteck vorbeikam, hatte er festgestellt, daß auch sein Gesicht von heimlichem Grauen gezeichnet war.

Sie kehrten auf fast demselben Weg zurück, den sie gekommen waren, und lange ehe sie sich der Gasse hinter dem Einhorn näherten, wußte Cappen, wohin sie wollten.

6

Das Paar ging dorthin, wo Hanse es schon vermutet hatte. Sie betraten nun die Gasse hinter dem Einhorn. Hanse hielt sich in sicherem Abstand, wie schon die ganze Zeit, ohne sie aus den Augen zu verlieren. Wieder wünschte er sich, er hätte die Gelegenheit gehabt, sich tagsüber in Ischades Wohnung zu schleichen und sich dort umzusehen, aber sie war die meiste Zeit dort gewesen, und am hellichten Tag war es auch nicht so leicht, unbemerkt in den ersten Stock zu gelangen. Als sie dann gegen Abend ausging, war ihm nichts übriggeblieben, als ihr zu folgen, da er ja mit ihren Gewohnheiten noch nicht vertraut war – und wie gut, daß er es tat, so wie dieser Abend sich entwickelt hatte.

Aber immer noch wurde er selbst beschattet – und er wußte auch von wem. Er hatte den Minnesänger mehrmals außerhalb seines eigenen Reviers und auf Straßen gesehen, auf denen Cappen nichts verloren hatte. Doch wer hatte Cappen angeworben?

Es sah dem Spielmann nicht ähnlich, Aufträge anzunehmen. Er würfelte gern, sang Lieder, aber Verfolgungen übernahm er sonst nicht. Dazu hatte er auch keine Begabung. Enas Yorl hätte sich einen besseren aussuchen können. Einen viel besseren.

Aber diese Ischade ...

Hanse wollte es nicht glauben. Und dennoch bohrte es ständig in dem Winkel seines Gehirns, in dem er Zufälle verstaute. Cappen war an diesem Morgen dagewesen. Aber Cappen hatte auch bei dem Würfelspiel mitgemacht, genau wie Mradhon Vis und Sjekso; und Cappen hatte ein bißchen etwas gewonnen, wie gewöhnlich.

Cappen hatte ihm einen Becher Wein spendiert, es war ungewöhnlich, daß er sich das leisten konnte. Andererseits lag es im Wesen des Spielmannes, den Lord zu spielen und mit dem, was er hatte, um sich zu werfen. Cappen hatte einen kurzen Moment, bevor der Blinde das Einhorn betrat, die Schankstube verlassen, nachdem er dafür gesorgt hatte, daß Hanse dort bei dem von ihm bezahlten Wein saß ... Doch das würde wieder zu Yorl zurückführen, und das ergab am wenigsten Siinn.

Hanse unterließ es, einen Blick zurückzuwerfen,

da das selbst dem im Beschatten unerfahrenen Spielmann auffallen mußte. So behielt er das Paar vor ihm im Auge, tauchte unter, wenn es sein mußte, und sah, wie sie zu der Treppe kamen und beide zur Wohnung der Dame hochstiegen, ohne daß die Diebesbeute den Besitzer gewechselt hätte.

Jetzt – während das Knarren der Stufen ihm genug verriet, um den Blick von ihnen abwenden zu können – ergriff er die Gelegenheit beim Schopf und nahm den Weg, den er am Nachmittag ausgekundschaftet hatte. Vorsichtig legte er die Hände auf ein Faß, zog sich hoch und suchte nach etwas, das ihn noch höher bringen würde. Fast lautlos schaffte er es bis zum Dach, gerade als das Paar die Tür erreichte und sie öffnete. Mit größter Vorsicht hielt er sich am Rand; glücklicherweise war es ein Dach aus Holz, nicht aus Ziegeln, wie man sie in den vornehmeren Vierteln viel benutzte. Gern hätte er sich seiner Stiefel entledigt und barfuß weitergemacht, wie er früher gearbeitet hatte, ehe er zu Geld gekommen war, aber dafür war wohl jetzt keine Zeit. An den nassen Schindeln zog er sich über den Giebel und auf den Teil des Daches, der über dem Wohnraum lag.

Etwas war aus dem Innern zu hören – ein durchdringender Tierlaut, der ihm die Härchen im Nacken aufstellte, und er war sich jetzt gar nicht mehr so sicher, daß er dort eindringen wollte. Er arbeitete sich näher an die überhängende Kante heran, streckte den Kopf darüber und spähte hinunter, dorthin, wo das Fenster nur mit Pergament bespannt war und Laute und Stimmen durchließ, als wäre es offen. Er hörte Schritte und ganz deutlich ein Flattern – plötzlich riß es ihn und es krachte, als eine alte Schindel unter seiner Hand entzweibrach. Er verlor das Gleichgewicht, fing sich jedoch und lag bäuchlings mit gespreizten Armen und Beinen auf dem Dach.

»Pst!« hörte er aus dem Innern. Er fluchte lautlos und begann, sich hastig von der brüchigen Kante zurückzuarbeiten. Seine Hände und Beine wurden taub, es fiel ihm schwer zu atmen, und der Talisman um seinen Hals wurde zu einem Klumpen aus Eis und Feuer. Magie, dachte er, ein Abwehrzauber gegen ihn gerichtet – er hatte es mit Zauberern zu tun und war in eine Falle geraten. Er bemühte sich, seine Gliedmaßen zu bewegen, wozu sie sehr wohl imstande sein müßten. Vorsichtig drückte er ein Knie auf eine Reihe uralter Schindeln in der Schräge.

Eine brach. Er rutschte rasselnd die Schindeln abwärts. Seine Füße hingen in der Luft. Wenn er jetzt gegen den Sturz ankämpfte, würde er vielleicht kopfüber hinunterfallen oder auf dem Rücken landen. So ließ er los, glitt, erwartete einen schwindelerregend langen Sturz – auf die Fässer vielleicht, den Abfall auf der Gasse, der den Aufprall mildern und ihm Hals und Beine retten mochte ...

Unvorbereitet schlug er am Rand des Balkons auf und stürzte noch ein paar Fuß weiter kopfüber die Treppe hinunter – ein entsetzlicher Lärm, dachte er, benommen durch den Schmerz, ein wirklich erschreckender Lärm ...

Da wurde die Tür über ihm aufgerissen, und er lag der Länge nach auf dem Rücken auf der schmalen Treppe, mit dem Kopf nach unten und schaute durch seine Füße auf Mradhon Vis, in dessen Faust ein Dolch blitzte.

Hanse griff nach seinem Gürtelmesser, zog den Oberkörper ein wenig hoch und warf es mit aller Kraft. Fluchend taumelte Mradhon Vis rückwärts, wirbelte halb herum, als Hanse sich abplagte hochzukommen, und das mit Hilfe eines Geländers zu seiner Linken und einer Wand zu seiner Rechten, die ihn mehr behinderte, als ihm half. Er drehte drehte sich auf die Knie, als Vis' Fuß ihn unter dem Kinn traf und gegen die Wand schmetterte. Als weitere Demütigung drückt er ihm den Dolch an die Kehle, packte ihn am Haar und drehte es. Hanse kämpfte dagegen an, glaubte er zumindest, aber es dauerte lange, bis seine Befehle seine Gliedmaßen erreichten. Und das Amulett an seinem Hals brannte wie Feuer und würgte ihn – oder kam das von dem Messer?

»Bringt ihn hoch«, erklang eine Frauenstimme von der Tür. Mit Schleiern vor den Augen blickte Hanse in ihre Richtung, während die Hand sein Haar noch fester packte und ihn daran hochriß. Die Dolchspitze war nun nicht mehr an seiner Kehle, sondern zwischen seinen Rippen am Rücken. Er ging die Stufen hoch und folgte der schwarzgewandeten Gestalt, die sich ins Innere zurückzog. Es gab wenig anderes, das er im Augenblick hätte tun können oder wollen, so zerschlagen wie er war und unfähig, klar zu denken. Er blinzelte ins Licht, stierte stumpf auf die rostrote Seide, auf das Durcheinander von Gegenständen, von denen jeder einzelne allein durch seine Schönheit die Aufmerksamkeit auf sich gezogen hätte, aber so, wie sie herumlagen – wie Knochen in einem Nest – und benommen dachte er an etwas Raubtierhaftes und zuckte zusammen bei dem heftigen Schlagen von Flügeln und dem Flackern des Lichts durch die Bewegungen des großen schwarzen Vogels, der auf einem Sims an der Türwand angekettet war.

»Ihr könnt gehen«, sagte die Frau. Sofort wurde Hanses Herz leichter. »Ihr wurdet bezahlt, kommt morgen zurück.« Da erst wurde ihm klar, daß sie zu Mradhon Vis sprach.

»Morgen.«

»Ja.«

»Das ist alles? Und er soll hierbleiben?« Ein Stoß in Hanses Rücken. »Ich habe sein Messer abgekriegt!

Ich habe ein Loch im Arm, und Ihr behaltet ihn hier und jagt mich in den Nebel?«

»Hinaus!« befahl sie gefährlich leise.

Zu Hanses Erstaunen wurde der ihn bedrohende Dolch zurückgezogen. So schnell sein Zustand es erlaubte, drehte er sich um, befürchtete er doch einen schnellen Stich in den Rücken, seine Hand zuckte zur Scheide am Handgelenk – er hatte das Messer in den Fingern, stand Mradhon Vis gegenüber, doch mehr brachte er nicht zustande. Dumpf sah er, wie der andere sich umdrehte und zur offenen Tür stapfte.

»Schließt sie hinter Euch«, befahl die Dame ihm. Mradhon Vis gehorchte. Er schlug die Tür nicht zu, wie Hanse erwartet hatte, sondern schloß sie fast sanft. Hanse blinzelte. Das Amulett an seinem Hals schmerzte mehr als alle Prellungen und Blutergüsse, die er sich zugezogen hatte. Es brannte, und ihm fehlte die Willenskraft, es abzunehmen.

Ischade lächelte ihrem Gast abwesend zu, kümmerte sich jedoch nicht weiter um ihn, da sie Wichtigeres zu tun hatte. »Peruz«, sagte sie weich, schob die Kapuze zurück, nahm die Halskette ab, trat näher an den großen Greifvogel heran – oder wer immer in dieser Gestalt stecken mochte. Mit größter Behutsamkeit gab sie die Kette in ein Kästchen, das vom Sims hing, und befestigte es an dem ledrigen Bein des Vogels. Peruz verhielt sich ungewohnt ruhig und hatte die mächtigen Schwingen angelegt. Ein letztes Mal kraulte sie seine Brustfedern, den daunenweichen Hals – sie hatte das Geschöpf in den vergangenen Wochen in ihr Herz geschlossen, wie alles, was ihr Leben teilte. Sie lächelte erfreut über die Achtung, mit der das ihr zugewandte topasfarbene Auge sie bedachte.

»Öffne das Fenster«, wies sie Hanse an. Er bewegte

sich langsam, wie in einem schlimmen Traum. »Öffne es.« Hanse gehorchte. Sie nahm Peruz die Kette ab, er flog mit rauschenden Schwingen, brauste der Dunkelheit entgegen und hinterließ einen kühlen Luftzug.

So war er nun auf die Reise geschickt. Ihr Auftraggeber hatte nun alles, wofür er bezahlt hatte – gut bezahlt. Und sie war allein. Sie löste ihren geistigen Griff von dem Schnüffler. Sofort verriet sein Gesicht Panik, er riß das Messer in der Hand hoch. Sie hielt es an. Er blickte verwirrt, als hätte er vergessen, weshalb er das Messer überhaupt hielt. Für diese Anstrengung würde sie morgen mit fürchterlichen Kopfschmerzen bezahlen müssen, einer gefährlichen Mattigkeit, so daß sie tagelang den Wunsch haben würde zu schlafen, nichts zu tun. Gegenwärtig jedoch floß ihr Blut heiß durch die Adern, die Erregung hielt an, und das Wissen über die drohende Schlaffheit und Einsamkeit, die jeder beendeten Aufgabe folgten, hieß sie die Gelegenheit nutzen, denn sie empfand jetzt noch eine weitere Art von Erregung. Sie blickte ihren unfreiwilligen Besucher an, wußte, daß ihr momentaner Zustand dem Wahnsinn nahe war und was es kostete, ihn zeitweilig zu kurieren ...

Anziehend. Ihr Geschmack war vielseitig, aber in diesem seltsam abgetrennten Teil ihres Verstandes freute es sie – nachdem die Aufgabe erfüllt war –, daß sie Mradhon hatte gehen lassen können. Statt seiner stand jetzt einer hier, der entbehrlich war – so jedenfalls sah er aus. Das war die Gerechtigkeit, die sie sich für all die Mühe verdient hatte – doppelt so süß, wenn alles zusammenkam wie jetzt, ihre Befriedigung und die letzten unsauberen Fäden eines Geschäfts zusammengebunden und gestutzt.

Sie streckte die Hand aus, und er kam näher. Sie spürte diese süß-traurige Wärme körperlichen Verlangens – wie sie sie in jedem schwachen Moment verspürte, seit sie den falschen Zauberer beraubt und hatte leben lassen. Am Morgen würde sie unter Gewissensbissen leiden, unter einem verworrenen Bedauern, das bei den Gutaussehenden immer zurückblieb, das Gefühl, Schönheit vergeudet zu haben. Aber im Augenblick war sie keiner Vernunft zugängig.

Und es hatte auch schon so viele gegeben.

Immer noch hielt Hanse das Messer in der Hand, ohne es zu fühlen, dann hörte er wie aus weiter Ferne den Aufprall, nachdem es seinen Fingern entglitten war. Er spürte keine Schmerzen mehr, nur die Wärme der Nähe dieser Frau, deren dunkle Augen ihn betrachteten und deren Parfüm ihn einhüllte. Das Amulett an seiner Kehle war das einzige, was ihm noch Unbehagen bereitete. Sie legte die Arme um seinen Hals, ihre Finger fanden die Kette. »Das stört dich nur«, murmelte sie und hob sie über seinen Kopf. Er hörte sie fallen, ganz weit entfernt. Er verschwendete keinen Gedanken an sie, nur eines bewegte ihn: das Verlangen nach dieser Frau. Trotzdem beschlich ihn kurz ein anderer Gedanke: daß Sjekso diesen Weg genommen hatte, ehe er tot und kalt vor dem Einhorn gefunden worden war. Aber er beunruhigte ihn nicht. Er spürte ihre Lippen auf den seinen, und ihr Götter, wie sehr er sie begehrte!

Der Boden unter seinen Füßen schien zu schwanken, ein Windstoß drang herein, gemischt mit süßem Räucherduft …

»Verzeiht«, bat Enas Yorl. Das Paar, das gerade dabei war, sich körperlich näher zu kommen, zuckte auseinander. Die Frau starrte ihn mit großen Augen an; Hanse mit benommener Verzweiflung. Die Seidenvorhänge bauschten sich noch in dem Lufzug, den Enas Yorl verursacht hatte.

»Wer seid Ihr?« fragte Ischade. Enas Yorl spürte den kurzen Versuch, eine Verteidigung herauszufordern. Ischades Miene verriet leicht besorgte Wachsamkeit.

»Laßt ihn gehen.« Enas Yorl deutete auf Nachtschatten. »Er ist bewundernswert verschwiegen. Und ich würde es als Gefallen betrachten. Geh, Nachtschatten. Jetzt! Schnell!«

Hanse wich zur Tür zurück, zögerte dort mit verwirrtem Blick.

»Hinaus!« befahl Enas Yorl.

Der Dieb wirbelte herum, riß die Tür auf. Ein frischer Windstoß schlug ihm entgegen.

Er floh.

Im Laufschritt erreichte Hanse die Treppe, verringerte seine Geschwindigkeit kaum, als er die Stufen hinunterstolperte, sah die Gestalt nicht, die sich unten erhob, bis er geradewegs auf den Dolch zusauste, der auf seinen Bauch gerichtet war.

Er schlug die Klinge zur Seite, griff nach Armen oder Kleidung, was immer er packen konnte, spürte den Schock des Zusammenpralls, stürzte mit dem Angreifer und der Klinge und verlor ihn aus seinem Griff, als er mit dem Rücken auf dem Boden aufschlug. Es gelang ihm gerade noch, die herabstoßende Hand mit dem Dolch zu fassen, er sah Mradhon Vis' Gesicht und spürte dessen Körper, der um ein Drittel schwerer war als sein eigener. Mit der Linken hatte er die herabsausende Hand abgefangen, der Linken, seiner Messerhand. Seine schmerzenden

Muskeln zitterten unter der Anstrengung, als er völlig ungewohnt mit der Rechten das Messer in seiner Beinscheide erreichen wollte. Sein linker Arm gab nach.

Plötzlich verlagerte sich Vis' Gewicht nach rechts, er preßte sich auf ihn, drückte seinen anderen Arm hinunter – nicht weiter schwierig, schlaff wie er war. In dem kurzen Moment, da ein Grinsen Vis' Gesicht überzog, stand, wie unwahrscheinlich, Cappen Varra mit einer schweren Faßdaube in jeder Hand über ihm.

»Brauchst du Hilfe?« erkundigte sich der Minnesänger höflich. »Oder ist das Ganze nur ein neues Spiel?«

Hanse fluchte, trat mit den Füßen, wand sich unter dem nun regungslosen Vis hervor und griff erschrokken nach seinem Messer. Cappen hielt seinen Arm zurück. Hanses Wut kühlte ab, und er fühlte sich nur noch übel. »Verdammt«, fluchte er. »Hättest du nicht ein wenig leichter zuschlagen und mir eine Chance geben können?«

Da wurde ihm bewußt, daß Licht auf sie herabfiel, aus der Tür, hinter der zwei Zauberer zusammengefunden hatten. »Ihr Götter«, murmelte er, rappelte sich hoch, faßte Cappen am Arm –

– und rannte um sein Leben.

»Nicht, ich bin es.«

»Nein?« Enas Yorl spürte, wie seine Schultern eine Spur breiter wurden, seine Züge sich veränderten, aber in seinem Stolz gestattete er sich nicht, auf seine Hände zu blicken, um sich zu vergewissern. Vielleicht war seine neue Gestalt gar nicht so schrecklich. Ischade blinzelte flüchtig, keineswegs entsetzt.

»Keiner der Morde, die Euch interessieren, ist mein

Werk«, versicherte sie ihm. »Das ist nicht mein Stil. Ich glaube, in der Zunft einigermaßen bekannt zu sein. Genau wie Ihr, Enas Yorl.«

Er verneigte sich knapp. »Gegen meinen Willen.«

»Eure Geschichte ist bekannt.«

»Ah.« Wieder spürte er die Verwandlung, diesmal als Welle des Schreckens. Er bückte sich nach dem Amulett auf dem Boden und sah, daß seine Hand mit schwach schillernden Schuppen überzogen war, doch sie schwanden, noch ehe er hochkam, und eine wohlgeformte junge Männerhand erschien vor seinen Augen. Er steckte das Amulett ein, richtete sich auf und blickte Ischade etwas ruhiger an. »So seid Ihr also nicht die, die ich suchte. Ich frage Euch nicht, in wessen Auftrag Ihr gearbeitet habt. Ich ahne es, nach dem, was Ihr getan habt – nein, ich weiß es. Bis zum Morgen werden die Priester den Verlust bemerkt und Ersatz gefunden haben – auch die Auseinandersetzung zwischen den Göttern hat ihre Politik, nicht wahr? Und was ist schon ein Aufstand in Freistatt? Das interessiert weder Euch noch mich.«

»Was interessiert Euch dann?«

»Wie sind sie gestorben, Ischade – Eure Liebhaber? Oder wißt Ihr es nicht? Macht Ihr Euch keine Gedanken darüber?«

»Eure Neugier – ist ein bestimmter Verlust der Grund?«

»Ah, keineswegs. Ich frage bloß.«

»Ich tue nichts. Es ist allein ihr eigenes – Pech, vielleicht ein schwaches Herz – wie sollte ich es wissen? Sie sind bei bester Gesundheit, wenn sie mich verlassen, das ist die Wahrheit.«

»Aber am Morgen sind sie tot, jeder einzelne.«

Sie zuckte die Schulter. »Ihr müßtet es wissen. Ich habe nichts damit zu tun.«

»Ah, wir sind wahrhaftig beide mit einem schlimmen Schicksal geschlagen. Ich weiß es. Und als ich wußte, daß Ihr nach Freistatt gekommen seid ...«

»Ich brauchte einige Tage, mich einzuleben. Ich hoffe, ich bereitete Euch keine Unannehmlichkeiten – und, daß wir uns in Zukunft aus dem Weg gehen.«

»Ischade: Wie sehe ich aus – gegenwärtig?«

Sie legte den Kopf zurück, schaute, blinzelte unsicher. »Jünger«, antwortete sie. »Und sehr gutaussehend, wirklich. So ganz anders, als man mir sagte.«

»Oh! Dann könnt Ihr mich also anblicken? Ah, ich sehe, daß Ihr es könnt. Das bringen nicht viele fertig.«

»Ich habe zu tun«, behauptete sie. Die Situation gefiel ihr immer weniger. Sie war es nicht gewohnt, Furcht zu empfinden – vielmehr jagte sie hinter diesem Gefühl in den finsteren Gassen der Städte her, in der Hoffnung, darin ein wenig vom Leben zu entdekken. Doch dies war alles andere als angenehm. »Ich muß mich auf den Weg machen.«

»Oh, ein neuer Auftraggeber?«

»Ich habe nicht vor, Zauberer zu töten, wenn Ihr das meint. Es handelt sich um etwas rein Persönliches und hat nichts mit Euch zu tun.«

»Und wenn ich einen Auftrag für Euch hätte?«

»Welcher Art?«

»Eine Nacht mit mir zu verbringen.«

»Ihr müßt verrückt sein!«

»Das könnte ich vielleicht werden – ich altere nicht, müßt Ihr wissen. Und das ist das Schlimme.«

»Ihr habt keine Angst? Sucht Ihr denn den Tod? Ist das der Grund für all das?«

»Ah, manchmal habe ich Angst. Zu Zeiten wie dieser, wenn meine Gestalt angenehm anzuschauen ist. Aber es hält nicht lange an. Es gibt auch andere Zeiten – sie kommen schnell wieder. Und ich werde nie alt, Ischade. Zumindest kann ich es nicht erkennen. Und das jagt mir Angst ein.«

Sie blickte ihn erstaunt an – er sah gut aus, sehr gut sogar. Sie fragte sich, ob dies sein ursprüngliches Äußeres, das seiner Jugend war, das ihm dieses Los eingebracht hatte. Es war eine Gestalt, der man es zutrauen könnte. Es waren schöne Augen, voller Leid. So viele der jungen Männer auf den Straßen waren voll dieses Leides. Es rührte sie, wie nichts anderes es vermochte.

»Wie lange ist es her«, fragte er und legte unendlich sanft seine Hände auf ihre Schultern, »daß Ihr einen wahren Geliebten hattet? Und wie lange liegt es zurück, daß ich überhaupt eine Hoffnung hatte? Wir könnten die Erlösung füreinander sein, Ischade. Sollte ich sterben, wäre es ein Ausweg für mich. Und wenn nicht – seid Ihr nicht verdammt, sie wahrhaftig alle zu verlieren, versteht Ihr, Ischade? Einige meiner Gestalten würden zwar nicht nach Eurem Geschmack sein, aber andere – ich habe unendlich viele verschiedene, Ischade. Und ich fürchte mich nicht im geringsten vor Euch.«

»Deshalb seid Ihr hinter mir her gewesen? So ist es doch, nicht wahr? Das Amulett, ein Mittel, Euch zu mir zu bringen ...«

»Es kostet Euch nichts. Kein Leid. Eine Kleinigkeit für Euch, Ischade ...«

Die Versuchung war groß. Er war aufregend schön in diesem Moment, diesem einen Moment, und die Nächte und Jahre waren lang.

Doch dann erinnerte sie sich, was geschehen könnte, und sie schauderte, sie, die seit Jahren keinen Schauder gekannt hatte. »Nein! Nein! Vielleicht seid Ihr bereit zu sterben, doch ich bin es nicht. Nein! Wenn zwei Flüche wie unsere zusammenprallen – es könnte das Ende der halben Stadt sein, von Eurem und meinem ganz zu schweigen. Die entfernteste

Möglichkeit genügt ... Nein, ich möchte noch länger leben ...« Er runzelte die Stirn, richtete sich mit schwach zitternden Lippen auf, Panik in den Augen. »Ischade ...« Seine Stimme veränderte sich, und plötzlich erschütterten sich seine Züge, vom Mund angefangen, als wäre die Anspannung zuviel, zu lange, zu verzweifelt gewesen. Die Schuppen kehrten zurück. »Nein!« schrie er und vergrub das Gesicht in den Händen, die keine wirklichen Hände mehr waren. Die Vorhänge flatterten, die Luft schien sich zu kräuseln. »Nein ...« Die Luft seufzte hinter ihm her, ein Ächzen, ein Schluchzen.

Ein zweites Mal schauderte sie, schaute sich um, aber er war nicht mehr da.

Auch gut, dachte sie. Er hat seine Antwort ein für allemal bekommen. Ihre Aufträge führten sie kreuz und quer durch das Reich, aber sie spürte plötzlich, daß sie Freistatt mochte wie noch keinen anderen Ort – und es war gut, daß Yorl ihre Antwort anerkannt hatte und es geklärt war. Bald schon mochte sie neue Aufträge erhalten. Doch im Augenblick dachte sie an ihr Haus am Fluß. Diese Wohnung war nun zu gut bekannt; sie könnte zum Fluß spazieren – und unterwegs vielleicht jemanden treffen.

Der Wein floß in den Becher, doch Hanse war nicht einmal in der Verfassung, daß er aufblickte, um zu sehen, wer einschenkte, sondern den Becher gleich an die Lippen hob und trank.

»Gut«, murmelte er. Cappen Varra, der ihm hier im Einhorn gegenübersaß, sah, wie er die Schrecken der noch frischen Erinnerung abschüttelte, und hob seinen eigenen Becher an die Lippen. Bedauernd dachte er an ein Lied, das er aufgegeben hatte, eine Geschichte, die man lieber überhaupt nicht weitergab, selbst nicht in der Geborgenheit des Einhorns. Morgen würden in der Stadt endlose Fragen gestellt werden, da war es besser, nichts zu wissen – und er war sicher, Hanse beabsichtigte am wenigsten zu wissen.

»Ein Spiel?« schlug Cappen vor.

»Nein, ich möchte heute nacht nicht würfeln.« Hanse kramte in seinem Beutel. Er brachte ein Silberstück zum Vorschein, legte es behutsam auf den Tisch. »Das reicht für eine weitere Kanne, wenn diese leer ist. Und für eine Unterkunft, diese Nacht.«

Cappen schenkte nach, füllte die Becher bis zum Rand – ein Wunder, daß Hanse den Wein bezahlte. Er ging mit dem Geld um, als wollte er es loswerden.

»Dann spielen wir morgen«, sagte Cappen hoffnungsvoll.

»Morgen.« Hanse hob seinen Becher erneut an die Lippen.

Der blinde Darous goß ein. Er hielt den Kelch so, daß sein Finger die Kühle der Flüssigkeit spüren konnte – maß sorgsam und streckte den vollen Kelch seinem Herrn entgegen. Dessen Atem klang heute nacht heiser. Eine Hand griff nach dem Gefäß, ohne Darous' Finger zu berühren. Dafür war der Blinde dankbar.

Zum Fluß, zu einem Haus abseits von den anderen, das auch so ganz anders war, als die armseligen Behausungen in der Gegend. Es hatte einen Garten und eine Mauer ringsum – und war auf malerische Weise vom Alter gezeichnet.

Mradhon Vis stand vor dem Tor – zerschunden und müde. *Sie* war dort. Sie hatte einen jungen Mann gefunden, einen, der Sjekso sehr ähnlich war, der in den Armen halten durfte, was ihm nicht vergönnt war. Den weiten Weg war er gekommen.

Und schließlich, da er wußte, was er wußte, tat er, was ihm schwer fiel, und ging weiter.

Der Alte Mann

Ein Geschenk zum Abschied

Robert Asprin

Die Sonne stand zwei Handbreit über dem Horizont, als Hort an den Freistätter Piers ankam – früh am Tag, doch spät für Fischer. Der Junge blinzelte mit schmerzenden Augen in die ungewohnte Helligkeit der Morgensonne. Wie sehr er sich wünschte, er wäre zu Hause im Bett – oder in sonst irgendeinem Bett oder überhaupt irgendwo anders als hier. Aber er hatte seiner Mutter versprochen, dem Alten Mann heute morgen zu helfen. Da seine Erziehung es ihm unmöglich machte, dieses Versprechen zu brechen, verlangte sein Eigensinn, daß er seinen Widerwillen durch Zuspätkommen zeigte.

Obwohl er hier seit früher Jugend herumgestreift war und wußte, daß die Piers so sauber wie nur möglich waren, wählte Hort seinen Weg doch sorgfältig, um nicht irgendwo seine Kleidung zu beschmutzen. In letzter Zeit achtete er viel sorgfältiger auf sein Äußeres als früher, und heute morgen hatte er festgestellt, daß er keine alten Sachen mehr hatte, die er zu dieser Arbeit hätte anziehen können. Natürlich war ihm klar, daß es unmöglich war, den gegenwärtigen Zustand seiner Kleidung zu bewahren, wenn er den ganzen Tag im Boot zubringen mußte, doch seine neuen Angewohnheiten erforderten, daß er den Schaden auf ein Minimum beschränkte.

Der Alte Mann wartete auf ihn. Wie ein stattlicher Seevogel, der nach einem guten Fang ein Schläfchen hält, saß er auf dem umgedrehten Kahn. Das Messer in seiner Rechten bearbeitete das Stück Holz in der anderen Hand mit langsamem Gleichmut. Mit jeder Handbewegung fiel ein langer gekräuselter Span auf den Haufen, der sich bereits gebildet hatte. Die Größe dieses Haufens zwischen den Beinen des Alten Mannes war ein stummes Zeugnis dafür, wie lange er schon wartete.

Seltsam, Hort hatte ihn in Gedanken nie anders als »der Alte Mann« genannt, nie Vater. Selbst die Männer, die seit ihrer gemeinsamen Jugend mit ihm in diesen Gewässern fischten, nannten ihn Alter Mann, statt Panit. Er war aber gar nicht wirklich alt, sein Gesicht täuschte. Von Wind und Wetter mit Fältchen durchzogen, sah das Gesicht des Alten Mannes wie eines dieser Flußbetten aus rotem Ton aus, wie man sie in der Wüste außerhalb von Freistatt sah: aufgesprungen, ausgetrocknet, auf Regen wartend, der nie fallen würde.

Nein, das stimmte auch nicht. Der Alte Mann sah nicht wie die Wüste aus. Der Alte Mann würde nichts gemein haben wollen mit einer so gewaltigen Ansammlung von Sand und Steinen. Er war ein Fischer, ein Geschöpf des Meeres und so sehr Teil der See wie einer der verwitterten Felsen am Hafen.

Der Alte blickte beim Herannahen seines Sohnes auf, dann wandte er sich wieder seiner Schnitzerei zu.

»Ich bin hier«, sagte Hort unnötigerweise und fügte hinzu: »Tut mir leid, daß ich so spät komme.« Er verfluchte sich insgeheim, als ihm diese Entschuldigung entschlüpfte. Schließlich war er fest entschlossen gewesen, sich nicht zu entschuldigen, ganz gleich, was der Alte Mann sagte, doch als er gar nichts sagte ...

Sein Vater erhob sich ohne Eile, schob das Messer in die Scheide zurück mit einer Geste, die er durch

Jahre der Wiederholung flüssig und fast unbewußt ausführte.

»Hilf mir das Boot umdrehen«, sagte er und bückte sich, um nach dem einen Ende zu greifen.

Nur das. Kein Wort zu der Entschuldigung. Keine Schelte. Es war, als hätte er mit der Verspätung seines widerwilligen Helfers gerechnet.

Wütend dachte Hort darüber nach, während er stöhnend half, den Kahn umzudrehen und sicher ins Wasser zu bringen. So verärgert war er über die ganze Situation, daß er bereits im Boot saß und nach den Rudern griff, die sein Vater vom Pier herabreichte, ehe er sich daran erinnerte, daß der Alte Mann diesen Kahn jahrelang allein ins Wasser geschafft hatte. Die unerfahrenen Hände seines Sohnes hatten die Arbeit eher behindert, als ihm dabei geholfen.

Noch gereizter ließ Hort das Heck vom Pier wegtreiben, als sein Vater sich daranmachte einzusteigen. Doch diese kleine Bosheit verfehlte ihre Wirkung. Der Alte Mann stieg ins Boot und streckte sein Bein mit schlafwandlerischer Sicherheit über das Wasser, ohne weiter darauf zu achten, was er tat.

»Rudere in diese Richtung«, wies er seinen Sohn an.

Mit zusammengebissenen Zähnen gehorchte Hort.

Der alte Rhythmus kehrte nach wenigen Schlägen zurück. Früher hatte er das Boot seines Vaters gern gerudert. Wie stolz es ihn gemacht hatte, als er groß genug war, allein die Ruder bedienen zu dürfen. Als er kein kleines Kind mehr war, auf das seine Mutter aufpassen mußte, hatte er sich gesonnt in dem Bewußtsein, der Junge des Alten Mannes zu sein. Seine Spielkameraden hatten ihn um die Verwandtschaft mit dem Fischer beneidet, der als einziger die äußerst schwer zu fangenden Nya heimbrachte – die kleinen Fische, die sich in Schwärmen fortbewegten und deren süßes Fleisch jeden Nachmittag, wenn der Fang an Land war, den höchsten Preis einbrachten.

Aber das war schon lange her. Damals hatte er lernen wollen, wie man die Nya fing. Jetzt wußte er weniger als zu jener Zeit; die Erinnerung daran war verflogen.

Mit Hort war auch seine Welt gewachsen. Er mußte erfahren, daß außerhalb des Fischerhafens niemand den Alten Mann kannte und sich auch niemand für ihn interessierte. Für den normalen Bürger von Freistatt war er eben einer der Fischer, und Fischer standen in keinem hohen gesellschaftlichen Ansehen. Fischer waren weder reich, noch liehen die einheimischen Edlen ihnen ihr Ohr. Ihre Kleidung war nicht farbenprächtig wie die der S'Danzo. Sie wurden nicht gefürchtet wie die Soldaten oder Söldner.

Und sie rochen nach Fisch.

Über diesen letzten Punkt hatte Hort häufig mit den Straßenjungen abseits des Hafens gestritten, bis blutige Nasen, blaue Augen und Blutergüsse ihn hatten einsehen lassen, daß Fischer auch keine guten Kämpfer waren. Außerdem rochen sie wirklich nach Fisch.

Nachdem er sich wieder in die Sicherheit des Fischerviertels zurückgezogen hatte, wurde Hort jedoch klar, daß er mit einer Mischung aus Verachtung und Bitterkeit auf diese Gemeinschaft, in der er groß geworden war, herabblickte. Die einzigen, die Achtung vor Fischern hatten, waren andere Fischer. Viele seiner alten Freunde zogen fort – suchten ein neues Leben in der eigentlichen Stadt. Jene, die blieben, waren stumpfsinnige Burschen, die sich im ewig gleichen Leben eines Fischers wohl fühlten und bereits anfingen, so wie ihre Väter auszusehen.

Als er begann, sich immer einsamer zu fühlen,

benutzte Hort sein Geld, um sich neue Kleidung zu kaufen, die er abseits der nach Fisch stinkenden Hütte versteckte, der Hütte, die sie ihr Zuhause nannten. Er wusch sich und schrubbte sich ausgiebig mit Sand, schlüpfte in seine feine Kleidung und mischte sich unter die Leute in der Stadt.

Er fand die Bürger erstaunlich zugänglich, nachdem er den Makel der Fischergemeinschaft beseitigt hatte. Hilfreich lehrten sie ihn, mit seinem Geld umzugehen. Er schaffte sich einen Freundeskreis, gab immer mehr Geld aus und verbrachte mehr und mehr Zeit fern von zu Hause, bis ...

»Deine Mutter sagt, daß du weggehst.«

Die plötzliche Bemerkung des Alten Mannes ließ Hort zusammenzucken, riß ihn unsanft aus seinen Gedanken. Mit einemmal wurde ihm bewußt, daß er in der Falle saß, vor der seine Freunde ihn gewarnt hatten. Allein in dem Boot mit seinem Vater mußte er ihm zuhören, bis die Gezeiten wechselten. Nun würde er seinen Ärger zu spüren bekommen, seine Beschuldigungen anhören müssen und schließlich sein Flehen.

Vor allem anderen fürchtete er sein Flehen. Obwohl sie in letzter Zeit ihre Meinungsverschiedenheiten gehabt hatten, war die Achtung vor seinem Vater geblieben; eine Achtung, die er verlieren würde, das wußte er, wenn der Alte Mann zu greinen und zu betteln begann.

»Du hast es selbst hundertmal gesagt, Alter Mann«, Hort zuckte mit den Schultern, »daß nicht jeder zum Fischer geboren ist.« Es klang aufsässiger, als er es beabsichtigt hatte, aber Hort fügte keine weitere Erklärung hinzu. Vielleicht würde der Ärger seines Vaters so weit angestachelt, daß das Gespräch endete, ehe er sich lange Reden anhören mußte, was seine Pflicht und Schuldigkeit gegenüber seiner Familie und der Tradition war.

»Glaubst du, du kannst dir deinen Lebensunterhalt in Freistatt verdienen?« Der Alte beachtete den Trotz seines Sohnes nicht.

»Wir – ich werde nicht in Freistatt bleiben«, erklärte Hort. Das hatte er seiner Mutter noch nicht gesagt. »In der Stadt wird eine Karawane zusammengestellt. Sie bricht in vier Tagen zur Hauptstadt auf. Meine Freunde und ich wurden eingeladen mitzureisen.«

»Zur Hauptstadt?« Panit nickte bedächtig. »Und was wirst du in Ranke tun?«

»Das weiß ich noch nicht«, gestand sein Sohn. »Aber in Ranke gibt es zehnmal so leicht Arbeit wie in Freistatt.«

Der Alte Mann schwieg eine Weile. »Womit willst du die Reise bezahlen?« erkundigte er sich schließlich.

»Ich hatte gehofft ... Es soll doch in unserer Familie so etwas wie eine Tradition sein, nicht wahr? Wenn ein Sohn von zu Hause fortgeht, gibt sein Vater ihm ein Abschiedsgeschenk. Ich weiß, du hast nicht viel, aber ...« Hort unterbrach sich, denn der Alte Mann schüttelte düster den Kopf.

»Wir haben weniger, als du ahnst«, erklärte er betrübt. »Ich habe bisher nichts gesagt, aber deine feine Kleidung hat unsere Ersparnisse angegriffen; und der Fang war in letzter Zeit nicht sehr gut.«

»Wenn du mir nichts geben willst, brauchst du es bloß zu sagen!« brauste Hort auf. »Es ist nicht nötig, daß du es mit einer langen Jammergeschichte begründest.«

»Ich gebe dir ein Geschenk«, versicherte der Alte Mann ihm. »Du sollst nur wissen, daß es wahrscheinlich kein Geld sein wird. Mehr nach links.«

»Ich brauche dein Geld nicht«, knurrte der Junge und änderte die Richtung des Ruders laut Anweisung. »Meine Freunde haben sich erboten, mir das erforderliche Geld vorzustrecken. Ich hielt es bloß für besser, mein neues Leben nicht mit Schulden zu beginnen.«

»Das ist klug«, lobte Panit. »Langsam jetzt.«

Hort blickte über die Schulter, um sich ein Bild zu machen – und richtete sich erstaunt auf. Die Ruder hingen lose im Wasser.

»Da ist ja nur eine Boje!« rief er verblüfft.

»Stimmt.« Der Alte Mann nickte. »Wie schön, daß du das noch erkennen kannst.«

»Aber eine Boje bedeutet ...«

»Eine Falle«, bestätigte Panit. »Stimmt wieder. Ich sagte ja, daß der Fang nicht gut ist. Trotzdem, nachdem wir schon so weit gekommen sind, möchte ich nachsehen, was in meiner einzigen Falle ist.«

Der trockene Sarkasmus des Alten Mannes war vergeudet. Horts Gedanken überschlugen sich, als er fast automatisch das Boot zur Boje lenkte.

Eine Falle! Der Alte Mann hatte normalerweise fünfzehn bis zwanzig Fallen ausgelegt; die genaue Zahl variierte von Tag zu Tag und richtete sich nach seinem Instinkt. Doch nie, solange Hort sich erinnern konnte, waren es weniger als zehn gewesen. Sicher, die Nya waren unberechenbar, und ihre Wege verblüfften jeden, außer Panit. Das heißt, sie gingen bereitwillig in die Falle, wenn diese sich in der Nähe ihres Zufallskurses befand.

Eine Falle! Vielleicht suchten die Schwärme ihr Fressen anderswo, das kam bei allen Fischarten vor, daß sie ihre Reviere einmal verlegten. Doch dann fingen die Fischer eben andere, bis »ihre« zurückkehrten. Wenn der Alte Mann etwas weniger stolz auf seine Fähigkeit und seinen Ruf wäre, könnte er das auch tun ...

»Alter Mann!« Das entfuhr Hort unwillkürlich, als er sich umsah.

»Ja?« fragte Panit und hielt inne, um seine Falle aus der Tiefe zu ziehen.

»Wo sind die anderen Boote?«

Der Alte Mann wandte seine Aufmerksamkeit wieder der Falle zu. »An ihren Anlegeplätzen«, antwortete er knapp. »Du bist heute morgen daran vorbeigekommen.«

Mit offenem Mund versuchte Hort sich zu erinnern. Er war mit seinen eigenen Problemen beschäftigt gewesen, aber – ja! Eine Menge Fischerkähne hatten herumgelegen.

»Alle?« fragte er bestürzt. »Soll das heißen, daß wir heute als einzige ausgefahren sind?«

»Richtig.«

»Aber warum?«

»Einen Moment – hier!« Panit hob die Falle ins Boot. »Deshalb.«

Die Falle war beschädigt, unbrauchbar. Die meisten Latten, die die Seiten bildeten, waren eingedrückt oder lose. Hätte Hort nicht gewußt, daß es eine Nya-Falle war, hätte er das hier lediglich für ein Durcheinander von Treibholz gehalten.

»So geht es seit über einer Woche!« knurrte der Alte Mann mit plötzlicher Heftigkeit. »Fallen zerschmettert, Netze zerrissen. Deshalb verkriechen jene, die sich Fischer nennen, sich an Land, statt mit ihren Booten auszulaufen!« Verächtlich spuckte er ins Wasser.

Hatte seine Mutter deshalb darauf bestanden, daß Hort dem Alten half?

»Rudere zurück, Junge. Fischer! Sie sollten in Eimern angeln, wo es sicher ist. Pah!«

Erschreckt durch den Ärger des Alten Mannes, wendete Hort das Boot. »Wer – was macht denn so was?« fragte er.

Panit antwortete nicht, er starrte auf das Meer. Einen Moment dachte Hort, er hätte seine Frage nicht gehört, und wollte sie wiederholen. Da sah er, wie viel stärker die Falten das Gesicht seines Vaters zeichneten.

»Ich weiß es nicht«, murmelte der Alte Mann schließlich. »Noch vor zwei Wochen hätte ich behauptet, ich kenne jede Kreatur in diesen Gewässern, ob sie nun schwimmt oder krabbelt. Heute – ich weiß es nicht.«

»Hast du es dem Standortältesten gemeldet?«

»Den Soldaten? Ist es das, was du von deinen feinen Freunden gelernt hast? Zu den Soldaten zu laufen?« Panit zitterte schier vor Wut. »Was wissen Soldaten von der See? Eh? Was sollen sie deiner Meinung nach tun? Am Strand stehen und das Wasser mit ihren Schwertern bedrohen? Dem Ungeheuer befehlen, zu verschwinden? Steuern von ihm eintreiben? Ja, das wäre es! Wenn die Soldaten eine Steuer für Ungeheuer erheben, schwimmt es vielleicht fort, um nicht ausgenommen zu werden wie wir alle. Soldaten!«

Wieder spuckte der Alte Mann ins Wasser und verfiel in Schweigen, das Hort sich scheute zu brechen. Statt dessen beschäftigte er sich den Rest der Rückfahrt mit dem fallenzerschmetternden Ungeheuer. Irgendwie wußte er, daß das sinnlos war. Erfahrenere als er, der Alte Mann beispielsweise, hatten es bereits getan, ohne eine Erklärung zu finden. Da würde er wohl nicht gerade darüber stolpern. Trotzdem befaßte er sich weiter damit, bis sie den Pier erreichten. Erst nachdem sie das Boot in der Sonne umgedreht hatten, wagte Hort sich wieder an seinen Vater zu wenden.

»Sind wir fertig für heute?« fragte er. »Kann ich jetzt gehen?«

»Du kannst«, antwortete der Alte Mann und blickte seinen Sohn mit undurchdringlicher Miene an. »Es könnte natürlich Probleme geben, wenn du es tust. Fragte deine Mutter mich jetzt: ›Bist du heute ausgefahren?‹, kann ich ja sagen. Wenn du bei mir bleibst und sie fragt: ›Hast du den Tag mit dem Alten Mann verbracht?‹, kannst du ja sagen. Gehst du jedoch weg, wirst du ›nein‹ sagen müssen, und uns beiden bleibt nichts übrig, als ihr zu erklären weshalb.«

Das verblüffte Hort fast noch mehr als die Neuigkeit von dem Ungeheuer in den Fischgründen. Nie hätte er gedacht, daß der Alte Mann fähig war, seine Unternehmen durch ein solches Gespinst aus Halbwahrheiten vor seiner Frau geheimzuhalten. Diesem Schock dicht auf den Fersen folgte eine Welle ungeheurer Neugier über die Pläne seines Vaters für einen großen Teil der Zeit, in die er seine Frau nicht einweihte.

»Ich bleibe«, erklärte Hort mit gespieltem Gleichmut. »Was tun wir jetzt?«

»Als erstes«, sagte der Alte Mann, als sie den Pier verließen, »gehen wir ins Weinfaß.«

Das Weinfaß war eine nahezu baufällige Schenke in der Hafengegend, in der die Fischer verkehrten und die deshalb von fast allen anderen gemieden wurde. Da er wußte, daß sein Vater nicht trank, bezweifelte Hort, daß der Alte Mann sie je zuvor besucht hatte. Trotzdem betrat er sie mit sicherem Schritt.

Alle waren sie dort: Terci, Omat, Varies und alle anderen. All die Fischer, die Hort seit seiner Kindheit kannte und auch viele, die er nicht kannte. Selbst Haron, die einzige Frau, die sich unter den Fischern hatte durchsetzen können und die von ihnen anerkannt wurde, war da. Ihr rundes, fleischiges Gesicht war nicht weniger verwittert als das der Männer und unterschied sich auch kaum von denselben.

»He, Alter Mann, hast du endlich aufgegeben?«

»Hier ist Platz!«

»Wein für den Alten Mann!«

Panit achtete nicht auf die Rufe von verschiedenen Tischen in der dunklen Wirtsstube, sondern ging unbeirrt zu dem großen Tisch, der traditionsgemäß für die ältesten Fischer reserviert war.

»Ich habe dir ja gesagt, daß du noch hierherkommen würdest«, begrüßte Omat ihn und rückte die freie Bank mit seinen langen dünnen Beinen für Panit zurecht. »Also, wer ist ein Feigling?«

Der Alte Mann beachtete weder den Spott noch die Bank. Mit beiden Händen stützte er sich auf die Tischplatte und wandte sich an die Veterane. »Ich kam nur, um eine Frage zu stellen«, zischte er. »Habt ihr, oder auch bloß einer von euch, vor, etwas zu unternehmen gegen das, was immer es auch ist, das euch aus dem Meer vertrieben hat?«

Wie vorher abgesprochen, wendeten alle gleichzeitig den Blick ab.

»Was könnten wir denn tun?« fragte Terci finster. »Wir wissen ja nicht einmal, was es ist. Vielleicht zieht es weiter ...«

»Vielleicht auch nicht«, unterbrach der Alte Mann ihn grimmig. »Ich hätte es wissen müssen. Verängstigte denken nicht, sie verkriechen sich. Nun, ich habe noch nie herumgesessen und darauf gewartet, daß meine Probleme sich von selbst lösen, und ich denke nicht daran, jetzt damit anzufangen.«

Er stieß die freie Bank aus seinem Weg und wandte sich der Tür zu, dabei hätte er fast Hort angerempelt.

»Was hast du vor?« rief Terci ihm nach.

»Ich werde eine Lösung finden!« erklärte der Alte Mann voller Verachtung für die anderen. »Und ich werde sie finden, wo ich sie bisher immer gefunden habe – im Meer, nicht auf dem Grund eines Weinbechers.«

Mit diesen Worten schritt er zur Tür. Hort machte sich daran, ihm zu folgen, als jemand seinen Namen rief. Er drehte sich um.

»Ich dachte mir doch, daß du es bist unter diesen Stadtkleidern«, sagte Omat ohne Spott. »Paß auf ihn auf, Junge. Er ist ein bißchen verrückt, und Verrückte finden manchmal den Tod, ehe sie wieder zur Vernunft kommen.«

Die anderen am Tisch murmelten zustimmend. Hort nickte und eilte seinem Vater nach. Der Alte Mann wartete im Freien auf ihn.

»Narren«, tobte er. »Seit einer Woche kein Einkommen, und nun versaufen sie das bißchen Geld, das ihnen geblieben ist. Pah!«

»Was tun wir jetzt, Alter Mann?«

Panit schaute sich an den Anlegeplätzen um, dann griff er sich eine Nya-Falle von einem Stapel. »Wir werden sie brauchen«, murmelte er zu sich.

»Ist das nicht eine von Tercis Fallen?« fragte Hort vorsichtig.

»Benutzt er sie vielleicht?« entgegnete der Alte Mann heftig. »Außerdem leihen wir sie uns bloß aus. Du kennst dich doch angeblich in der Stadt aus – wo ist der nächste Schmied?«

»Der nächste? Nun, da ist ein Flickschmied im Basar, aber die besten sind …«

Der Alte Mann war bereits losgegangen. Entschlossen schritt er die Straße entlang und ließ Hort hinter sich herlaufen.

Es war kein Markttag, im Basar waren viele Stände nicht oder noch nicht geöffnet. Hort brauchte seinem Vater den Weg nicht zu zeigen, denn der laute Schlag eines Hammers auf den Amboß war unüberhörbar. Der dunkle Riese, der ihn bediente, blickte den Näherkommenden entgegen, ohne in seiner Arbeit innezuhalten.

»Seid Ihr der Schmied?« fragte Panit.

Das brachte ihnen einen zweiten, längeren Blick ein, aber keine Antwort. Hort wurde bewußt, wie lächerlich die Frage gewesen war. Nach ein paar weiteren Schlägen legte der Riese den Hammer zur Seite und schenkte den neuen Kunden seine volle Aufmerksamkeit.

»Ich brauche eine Nya-Falle. Eine wie diese.« Der Alte Mann hielt dem Schmied die Falle entgegen.

Der Riese blickte sie nur kurz an und schüttelte den Kopf. »Ich bin Schmied, nicht Tischler«, erklärte er, und griff bereits wieder nach dem Hammer.

»Das weiß ich«, knurrte der Alte Mann. »Ich möchte, daß Ihr eine solche Falle aus Metall macht.«

Der Riese hielt inne, blickte erneut seine Kunden an, dann hob er die Falle hoch und betrachtete sie eingehend.

»Und ich brauche sie noch heute – bis Sonnenuntergang.«

Der Schmied setzte die Falle behutsam ab. »Zwei Silberstücke«, sagte er fest.

»Zwei!« Der Alte Mann schnaubte. »Bildet Ihr Euch vielleicht ein, ich sei Kittycat? Eines!«

»Zwei!« beharrte der Schmied.

»Dubro!«

Alle wandten sich der kleinen Frau zu, die aus dem Raum hinter der Schmiede hervorgetreten war.

»Tu's für eines«, sagte sie ruhig. »Er braucht es.«

Ihre und die Augen des Schmiedes trafen sich, dann nickte der Riese und wandte sich von seiner Frau ab.

»S'Danzo?« erkundigte sich der Alte Mann, ehe die Frau in der Dunkelheit verschwand, aus der sie gekommen war.

»Halb.«

»Ihr habt das Zweite Gesicht?«

»Manchmal«, gestand sie. »Ich sehe, daß Euer Plan nicht selbstsüchtig, aber gefährlich ist. Den Ausgang sehe ich nicht – nur, daß Ihr Dubros Hilfe zu seinem Gelingen braucht.«

»Segnet Ihr die Falle?«

Die S'Danzo schüttelte den Kopf. »Ich bin Seherin, keine Priesterin. Ich werde Euch ein Symbol machen – die Schiffslanze unserer Karten –, um sie an der Falle zu befestigen. Sie steht für Glück in Seeschlachten. Vielleicht hilft sie Euch.«

»Dürfte ich die Karte sehen?« bat der Alte Mann.

Die Frau verschwand und kehrte Augenblicke später mit der Karte zurück, die sie Panit zeigte. Über die Schulter seines Vaters blickend, sah Hort das grob gemalte Bild eines Wales, dem ein metallgeschütztes Horn aus dem Kopf wuchs.

»Eine gute Karte.« Der Alte Mann nickte. »Für Euer Anerbieten ... Ich bezahle die zwei Silberstücke.« Die Frau lächelte und kehrte in die Dunkelheit zurück. Dubro kam mit ausgestreckter Hand näher. »Wenn ich die Falle abhole«, sagte Panit. »Ihr braucht keine Angst zu haben, ich lasse sie nicht hier, daß sie Staub ansammelt.«

Der Riese runzelte die Stirn, nickte und wandte sich wieder seiner Arbeit zu.

»Was hast du vor?« fragte Hort, als sein Vater sich

wieder auf den Weg machte. »Seeschlacht, was hat das zu bedeuten?«

»Fischen ist immer auch eine Seeschlacht.« Der Alte Mann zuckte die Schultern.

»Aber zwei Silberstücke! Woher willst du soviel Geld nehmen, nach allem, was du mir heute früh gesagt hast?«

»Darum kümmern wir uns jetzt.«

Nun erst wurde Hort bewußt, daß sie sich von der Stadt weg in Richtung der armseligen Katen der Abwinder entfernten. Die Abwinder oder ... »Jubal?« rief er. »Wie willst du von ihm Geld bekommen? Beabsichtigst du, ihm Auskünfte über das Ungeheuer zu verkaufen?«

»Ich bin ein Fischer, kein Spitzel«, entgegnete der Alte Mann. »Und die Probleme der Fischer interessieren die an Land nicht.«

»Aber ...«, begann Hort, verstummte dann jedoch. Wenn sein Vater seine Pläne nicht verraten wollte, ließ er sich auch von ihm nicht dazu überreden.

Hort staunte, als sie Jubals Landsitz erreicht hatten, wie gut der Alte Mann mit den Untergebenen des Sklavenhändlers umgehen konnte, die sie immer wieder aufhielten. Obgleich es wohlbekannt war, daß berüchtigte Totschläger und Mörder sich hinter Jubals blauen Falkenmasken verbargen, blieb Panit unbeeindruckt von ihrem Hochmut und ihren Waffen.

»Was wollt ihr zwei hier?« fragte der grauhaarige Torwächter scharf.

»Mit Jubal sprechen«, antwortete der Alte Mann.

»Erwartet er euch?«

»Muß ich vielleicht erst um eine Audienz bei dem Sklavenhändler ersuchen, ehe ich mit ihm sprechen kann?«

»Welche Geschäfte könnte ein alter Fischer mit einem Sklavenhändler machen?«

»Wenn es dich etwas anginge, würde ich es dir sagen. Ich will Jubal sprechen!«

»Ich kann nicht einfach …«

»Du fragst zu viel. Weiß er, daß du so viele Fragen stellst?«

Das schüchterte den Mann ein und bestätigte Horts in der Stadt gewonnenen Verdacht, daß der größte Teil der Geschäfte des Sklavenhändlers heimlich getätigt wurden.

Endlich führte man sie in einen großen Raum, den ein riesiger, fast thronähnlicher Sessel an einem Ende beherrschte. Sie mußten nur kurze Zeit warten, bis Jubal eintrat, der gerade seinen Morgenrock über dem kräftigen ebenholzschwarzen Körper mit einem Gürtel schloß.

»Ich hätte es mir denken können, daß du es bist, Alter Mann«, sagte der Sklavenhändler mit einem schiefen Lächeln. »Kein anderer Fischer wäre so leicht an meinen Wachen vorbeigekommen.«

»Ich weiß, daß du Geld dem Schlaf vorziehst.« Der Alte Mann zuckte die Schultern. »Deine Männer wissen es ebenfalls.«

»Das stimmt.« Jubal lachte. »Also, was führt dich schon so früh am Tag zu mir?«

»Für manche ist der Tag schon vorüber«, bemerkte Panit trocken. »Ich brauche Geld: sechs Silberstücke. Ich biete dir dafür meinen Stand im Fischerhafen.«

Hort konnte nicht glauben, was er da hörte. Er öffnete den Mund, doch dann beherrschte er sich noch rechtzeitig. Er war so erzogen worden, daß er wußte, daß es besser war, sich nicht in seines Vaters Geschäfte einzumischen. Jubal war jedoch seine Mundbewegung nicht entgangen.

»Du verblüffst mich, Alter Mann«, sagte der Sklavenhändler nachdenklich. »Warum sollte ich einen Fischstand kaufen wollen?«

»Weil der Fischerhafen der einzige Ort ist, an dem deine Ohren nichts hören.« Panit lächelte schwach. »Du schickst deine Spitzel dorthin, aber wir sprechen nicht mit Außenstehenden. Um zu hören, was im Fischerhafen vorgeht, mußt du dort sein. Ich biete dir diese Möglichkeit.«

»Du hast recht«, bestätigte Jubal. »Ich hatte nicht erwartet, daß mir eine solche Gelegenheit wie eine reife Traube in den Schoß fallen würde …«

»Zwei Bedingungen«, unterbrach der Alte Mann ihn. »Erstens, du mußt vier Wochen auf meinen Stand warten. Wenn ich dir inzwischen das Geld zurückzahle – gehört er dir nicht …«

»In Ordnung.« Der Sklavenhändler nickte. »Aber …«

»Zweitens, falls mir in diesen vier Wochen etwas zustößt, kümmerst du dich um meine Frau. Das ist keine Wohltätigkeit, sie kennt den Fischerhafen und die Nya – sie ist einen guten Lohn wert.«

Jubal musterte den Alten Mann eine Weile sehr nachdenklich. Schließlich sagte er: »Einverstanden. Aber ich glaube, da gibt es noch einiges mehr, was du mir nicht sagst.« Er verließ den Raum und kehrte mit den Silbermünzen zurück, die in seiner Riesenpranke leicht klimperten. »Eine Frage, Alter Mann – all diese Bedingungen, warum ersuchst du mich nicht ganz einfach um ein Darlehen?«

»Ich habe noch nie in meinem Leben etwas geliehen«, antwortete Panit mit finsterer Miene, »und werde jetzt nicht damit anfangen. Ich bezahle für das, was ich brauche, und wenn das Geld nicht reicht, verzichte ich darauf oder verkaufe etwas, wenn es sein muß.«

»Wie du willst.« Der Sklavenhändler zuckte die

Schultern und händigte dem Alten Mann die Münzen aus. »Ich erwarte, dich in dreißig Tagen wiederzusehen.«

»Oder früher.«

Das Schweigen zwischen Vater und Sohn war nun schon fast zur Gewohnheit geworden und hielt an, bis sie wieder in der Stadt waren. Seltsamerweise brach der Alte Mann es.

»Du bist so ruhig, Junge«, sagte er.

»Wie sollte ich es nicht sein!« brauste Hort auf. »Es gibt nichts zu sagen. Du bestellst Zeug, das wir nicht bezahlen können, verkaufst dein Lebenswerk an den größten Halunken in Freistatt, und dann fragst du mich, warum ich ruhig bin. Ich weiß, daß du dich mir nicht anvertraust – aber Jubal! Von allen in der Stadt ... Und dieses Gerede über Bedingungen! Wieso glaubst du, daß er auch bloß eine einhalten wird? Den Soldaten traust du nicht, Jubal aber wohl!«

»Ihm kann man auch trauen«, antwortete der Alte Mann sanft. »Er ist ein harter Mann, wenn er die Oberhand hat – aber er steht zu seinem Wort.«

»Du hast schon früher mit ihm zu tun gehabt? Jetzt kann mich nichts mehr überraschen«, brummte Hort.

»Gut.« Sein Vater nickte. »Dann bringst du mich jetzt zum Wilden Einhorn.«

»Zum Wilden Einhorn?« Das überraschte Hort entgegen seiner Behauptung allerdings doch.

»Du hast richtig gehört. Weißt du denn nicht, wo es ist?«

»Es ist irgendwo im Labyrinth, aber ich war noch nie dort.«

»Gehen wir.«

»Willst du wirklich ins Wilde Einhorn, Alter Mann?« fragte Hort eindringlich. »Ich glaube nicht, daß je ein Fischer es betreten hat. Die Gäste des Einhorns sind Söldner, Totschläger und kleine Gauner.«

»Das habe ich gehört.« Der Alte Mann nickte. »Wenn es nicht so wäre, würde ich auch nicht dorthingehen. Nun, kommst du oder nicht?«

Sämtliche Unterhaltungen verstummten, als sie die berüchtigte Schenke betraten. Während er sich anstrengte, etwas in der Düsternis zu sehen, bis seine Augen sich an sie gewöhnt hatten, spürte Hort, daß alle Anwesenden sie anstarrten, abschätzten und sich überlegten, ob sie ein leichtes Opfer oder eine Herausforderung wären.

»Suchen die Herren jemanden?« Die Stimme des Wirtes klang, als hielte er es für besser, wenn sie nicht auf ein Bier blieben.

»Ich brauche ein paar gute Kämpfer«, erklärte der Alte Mann. »Man sagte mir, ich wäre hier richtig.«

»Da habt Ihr recht gehört.« Der Wirt war gleich ein bißchen aufmerksamer. »Wenn Ihr nicht genau wißt, wen Ihr wollt, könnte ich Euch als Vermittler helfen – gegen eine bescheidene Gebühr.«

Panit sprach zu dem Mann wie zu den Fischern: »Ich wähle die Männer selbst aus – kehrt Ihr zu Euren Fässern zurück.«

Der Wirt ballte wütend die Fäuste, zog sich jedoch in das hintere Ende des Schanktisches zurück, als der Alte Mann sich den Gästen zuwandte.

»Ich brauche zwei oder drei Männer für einen halben Tag«, rief er laut. »Ein Kupfer jetzt und ein Silber, wenn die Arbeit getan ist. Keine Schwerter oder Bogen, nur Äxte oder Lanzen und Speere. Ich warte draußen.«

»Warum reden wir draußen mit ihnen?« fragte Hort, während er seinem Vater ins Freie folgte.

»Ich möchte wissen, wen ich kriege«, erklärte der Alte Mann. »Ich konnte ja da drinnen nichts sehen.«

Sie brauchten fast den ganzen Nachmittag, aber schließlich hatten sie aus der kleinen Meute, die Panits Aufruf gefolgt war, drei kräftige Burschen ausgewählt. Die Sonne ging bereits am Horizont unter, als der Alte Mann dem letzten sein Handgeld gab und sich seinem Sohn zuwandte.

»Das ist so ziemlich alles, was wir heute tun können«, sagte er. »Lauf jetzt ruhig zu deinen Freunden. Ich kümmere mich um die Falle.«

»Willst du mich denn nicht in deinen Plan einweihen?« bat Hort.

»Ich habe ihn selbst noch nicht ganz ausgearbeitet«, gestand der Alte Mann. »Aber wenn du sehen willst, was geschieht, dann sei morgen im ersten Tageslicht am Pier. Wir werden feststellen, wie schlau dieses Ungeheuer ist.«

Ganz im Gegensatz zum vergangenen Tag war Hort schon vor dem Morgengrauen am Pier. Als der Himmel allmählich heller wurde, stapfte er ungeduldig hin und her und schlang die Hände um die Brust, um sich vor der feuchten Kälte zu schützen.

Der Nebel hing tief über dem Wasser. Es sah gespenstisch, übernatürlich aus, was nicht dazu beitrug, Horts Furcht zu vertreiben, während er abwechselnd fluchte und sich Sorgen um seinen Vater machte. Verrückter Alter Mann! Warum konnte er nicht wie die anderen Fischer sein? Warum mußte er das Rätsel des Meeresungeheuers auf eigene Faust lösen? Kälte ließ sich am besten durch Bewegung bekämpfen, so beschloß er, einstweilen schon das Boot ins Wasser zu bringen. Diesmal würde er bereits etwas geleistet haben, bis der Alte Mann kam.

Er marschierte den Pier entlang und sehr nachdenklich wieder zurück. Das Boot war weder an seinem angestammten Platz noch sonstwo. Hatten die Freistätter Diebe sich nun etwa auch in den Fischerhafen gewagt? Unwahrscheinlich! Wem könnten sie denn schon einen gestohlenen Fischerkahn verkaufen? Die Fischer hier kannten das Eigentum der anderen so gut wie ihr eigenes.

War es möglich, daß der Alte Mann bereits hinausgefahren war? Nein! Um den Hafen verlassen zu haben, ehe Hort angekommen war, hätte sein Vater in der Nacht aufbrechen müssen und in diesen Gewässern mit dem Ungeheuer ...

»He, du!«

Hort drehte sich um. Die drei angeworbenen Söldner betraten den Pier. Düstere Burschen waren sie in diesem Licht, und die Lanzen, die zwei von ihnen trugen, ließen sie wie die Ruderer des Todes erscheinen.

»Wir sind hier«, meldete der Anführer des kleinen Trupps und legte seine Streitaxt über die Schulter. »Obgleich kein zivilisierter Mensch zu dieser viel zu frühen Stunde kämpft. Wo ist der Alte, der uns angeworben hat?«

»Ich weiß es nicht«, gestand Hort und wich unwillkürlich ein wenig vor dieser wilden Meute zurück. »Genau wie euch hat er mir nur aufgetragen, um diese Zeit hierzusein.«

»Gut«, brummte der Axtkämpfer. »Wir sind gekommen wie abgemacht. Die Kupferstücke gehören uns – ein kleiner Preis für einen Schabernack. Sag dem Alten, wenn du ihn siehst, daß wir uns wieder ins Bett verzogen haben.«

»Nicht so hastig!« Hort staunte selbst über seinen plötzlichen Mut. »Ich kenne den Alten Mann schon mein ganzes Leben lang und weiß, daß er kein Spaßmacher ist. Wenn er euch bezahlt hat, damit ihr hier seid, werdet ihr auch gebraucht. Oder wollt ihr das Silber nicht, das den Kupferstücken folgt?«

Die Männer zögerten, murmelten finster miteinander.

»Hort!« Terci eilte auf sie zu. »Was geht hier vor? Weshalb sind diese Kerle hier?«

»Der Alte Mann hat sie angestellt«, erklärte Hort. »Hast du ihn gesehen?«

»Nicht mehr seit gestern abend«, erwiderte der hagere Fischer. »Er kam spät noch vorbei und ließ dies bei mir, damit ich es dir gebe.« Er ließ drei Silberstücke in die Hand des Jungen fallen. »Er sagte, falls er bis Mittag nicht hier sei, solltest du die Männer damit bezahlen.«

»Seht ihr?« rief Hort den Söldnern zu und zeigte ihnen die Münzen. »Ihr werdet um Mittag bezahlt, nicht früher. Also müßt ihr schon mit uns warten.« Er wandte sich wieder Terci zu und fragte im Flüsterton: »Hat der Alte Mann sonst noch was gesagt?«

»Nur, daß ich heute morgen mein stärkstes Netz beschweren sollte.« Terci zuckte die Schultern. »Also, was geht hier vor?«

»Er will das Ungeheuer fangen«, erklärte ihm Hort, dem der Plan des Alten Mannes nun klar wurde. »Als ich ankam, war sein Boot fort.«

»Das Ungeheuer!« Terci blinzelte. »Der Alte Mann ist allein auf Jagd nach dem Ungeheuer ausgefahren?«

»Das glaube ich nicht. Ich bin schon vor dem Morgengrauen hiergewesen. Nein, selbst der Alte Mann würde nicht im Dunkeln ausfahren – nicht auf Suche nach dem Ungeheuer. Ich denke, er ...«

»Schau doch! Da ist er!«

Die Sonne ging endlich über dem Horizont auf, und ihre ersten Strahlen vertrieben den Nebel. Noch etwa dreihundert Fuß entfernt hob und senkte sich ein Fischerkahn, und in ihm saß der Alte Mann, der sich sichtlich mit den Rudern abplagte.

Während sie ihn beobachteten, zog er plötzlich die Ruder ein und schien auf etwas zu warten. Mit einemmal wurde das Boot wie von unsichtbaren Händen herumgerissen, und der Alte Mann legte sich wieder in die Ruder.

»Er hat es! Er hat das Ungeheuer!« schrie Terci aufgeregt und hüpfte vor Begeisterung oder Schreck herum.

»Nein!« widersprach Hort ihm, während er keinen Blick von dem Kahn ließ. »Er hat es nicht. Er lockt es hinter sich her in seichteres Gewässer!«

Jetzt war ihm alles klar. Die Metallfalle! Das Ungeheuer hatte sich daran gewöhnt, die Fallen des Alten Mannes auszurauben, also hatte er ihm eine vorgesetzt, die sich nicht zerschmettern ließ. Nun lockte er die fremde Kreatur zum Ufer und zog die Falle hinter sich her, wie ein Kind einen Wollfaden vor einem verspielten Kätzchen. Aber dieses Kätzchen war ein unbekanntes Wesen und barg tödliche Gefahr – wie leicht konnte es nach der Hand schnappen, die den Faden hielt!

»Schnell, Terci!« rief Hort. »Hol das Netz. Es wird ihm nicht auf den Strand folgen!«

Der hagere Fischer starrte mit offenem Mund auf das Bild, das sich ihm bot, ganz in seine Gedanken versunken. »Das Ungeheuer mit dem Netz einfangen?« murmelte er. »Ich werde Hilfe brauchen, ja, Hilfe ... HILFE!« Er rannte am Ufer entlang und schrie, um in den noch dunklen und stillen Katen gehört zu werden.

Hier war nicht das Labyrinth, wo Hilferufe unbeachtet blieben. Türen schwangen auf, und verschlafene Fischer stolperten heraus.

»Was ist los?«

»Was soll das Gebrüll?«

»Schnell! In die Boote! Der Alte Mann hat das Unge-

heuer!« Dieser Ruf wurde von Kate zu Kate weitergegeben.

Und sie kamen, stürzten sich in ihre Boote wie aufgestörte Ameisen: Haron, die noch ihr Nachthemd trug; Omat, den der verkrüppelte Arm nicht behinderte, als er seinen Kahn mit einer Hand ins Wasser stieß; und allen voraus Terci, der zunächst einfach losruderte und sich dann in dem kleinen Boot aufrichtete, um den anderen Anweisungen zuzubrüllen.

Hort machte keine Anstalten, sich ihnen anzuschließen. Sie waren Fischer und kannten ihr Gewerbe weit besser als er. Statt dessen blieb er wie angewurzelt auf dem Pier stehen, voll Ehrfurcht vor dem Mut des Alten Mannes!

Vor seinem inneren Auge sah Hort, was sein Vater leisten mußte: in einem kleinen Boot auf einem tintenblauen Meer, auf den ersten Zug an der Leine wartend, dann die schier rückenbrechende Arbeit an den Rudern, um die Metallfalle landwärts zu ziehen. Und immer darauf achten zu müssen, sich nicht zu weit von der unsichtbaren Kreatur unter Wasser zu entfernen und ihre Aufmerksamkeit weiter auf sich zu lenken. Die Dunkelheit war nicht minder der Feind des Alten Mannes, denn sie bedrohte seinen Orientierungssinn – genau wie der dichte Nebel! Eine die Sicht raubende weiße Wolke, die ihn von allen Seiten einschloß. Trotz alldem hatte der Alte Mann es geschafft, und nun war das Ungeheuer in Reichweite der Netze seiner bisherigen Opfer.

Das schwere Netz wurde nun ausgebreitet. Es bildete eine Mauer zwischen der geheimnisvollen Kreatur, die dem Alten Mann folgte, und dem offenen Meer dahinter. Als die Männer in den Booten zu beiden Enden des Netzes anfingen, zum Strand zu rudern, paßte der Alte Mann seine Ruderschläge den ihren an und näherte sich ebenfalls dem Strand –

aber er war müde. Hort erkannte es, wenn auch sonst vielleicht niemand.

»Dort!« rief Hort den Söldnern zu und deutete auf den Strand. »Dort werden sie es an Land ziehen. Kommt!«

Er rannte voraus, dicht gefolgt von den drei finsteren Gestalten. Er hörte mehr, als er es sah, wie das Netz die Beute erfaßte. Jubelrufe ertönten aus den kleinen Booten. Hort watete hüfttief im Wasser, als der Kahn des Alten Mannes das seichte Wasser erreichte. Eilig griff er danach und zog es an den Strand, als wäre es ein Spielzeug, während sein Vater müde zusammensackte.

»Die Falle«, krächzte der Alte Mann zwischen schmerzvollen Atemstößen, »zieh sie ein, ehe sie sich in den Netzen dieser Narren verfangen kann!«

Die Leine war kalt und hart, aber Hort zerrte die Falle Hand über Hand aus dem Meer. Sie war voller Nya, die in der Morgensonne schimmerten und zappelten. Ohne zu überlegen, griff Hort hinter seinen Vater und leerte die Fische in den dafür vorgesehenen Behälter im Kahn.

Alle Boote waren jetzt am Strand. Im Netz, das sich jetzt im seichten Wasser befand, platschte und strampelte es.

»Was ist es?« keuchte der Alte Mann. Er vermochte kaum noch den Kopf zu heben. »Wie sieht das Ungeheuer aus?«

»Wie eine gigantische Krabbe«, antwortete Hort, der sich fast den Hals verrenkte. »Die Söldner haben sie.«

Die drei winkten die Menge zurück, wateten ins Wasser, um sich an den gewaltigen Riesen heranzumachen, noch ehe das Netz an Land gezogen war.

»Ich hatte es mir gedacht.« Der Alte Mann nickte. »Es waren keine Zahnabdrücke an den Fallen. Vermutlich das Tier eines Zauberers, das sich selbständig gemacht hat«, fügte er hinzu.

Hort nickte. Nun, da er das Ungeheuer sehen konnte, erinnerte er sich an die Gerüchte, die er von Zeit zu Zeit in der Stadt gehört hatte. Der Purpurmagier hatte seinen Landsitz auf einer Insel im Schimmelfohlenfluß mit riesigen Krabben geschützt. Man raunte allerdings, daß er inzwischen tot sei, von seiner eigenen Magie getötet. Dieses Krabbenungeheuer bestätigte das Gerücht. Es mußte flußabwärts zum Meer gewandert sein, als der Zauberer es nicht mehr hatte füttern können.

»Wessen Fang ist das?«

Hort drehte sich um und sah zwei Höllenhunde dicht hinter ihm stehen. Gleichzeitig bemerkte er die Menge der Neugierigen aus der Stadt, die sich auf den nahen Straßen angesammelt hatte.

»Unser aller«, erklärte der Alte Mann, dessen Kräfte allmählich wiederkehrten. »Sie haben es gefangen. Vielleicht gehört er Terci – sein Netz ist dabei draufgegangen.«

»Nein, Alter Mann«, widersprach Terci näherkommend. »Es ist dein Fang. Es gibt niemanden hier im Fischerhafen, der das bestreiten würde – am wenigsten ich. Du hast das Ungeheuer gefangen. Wir haben es lediglich für dich mit dem Netz herausgezogen, nach dem Kampf.«

»Dann gehört es also Euch«, entschied der Leibgardist des Prinzen. »Was habt Ihr damit vor?«

Hort durchzuckte der Gedanke, daß diese Soldaten seinem Vater möglicherweise eine Strafe aufbrummen würden, weil er die Krabbe an Land gebracht hatte. Vielleicht bezeichneten sie es als Erregung öffentlichen Ärgernisses. Er verstärkte seinen Griff um den Arm des Alten Mannes, aber er würde nie imstande sein, seinen Vater zu halten.

»Ich weiß nicht.« Panit zuckte die Schultern. »Wenn der Zirkus noch in der Stadt wäre, würde ich versuchen, diese Krabbe an ihn zu verkaufen. Zum Verzehr ist sie wohl nicht geeignet – könnte giftig sein – ich jedenfalls würde sie nicht essen.«

»Ich kaufe sie«, erklärte der Höllenhund zum allgemeinen Erstaunen. »Der Prinz hat einen Vorkoster und liebt exotische Speisen. Und wenn sie giftig ist, wird sie immer noch ein Gesprächsthema sein, das eines Kaisers würdig ist. Ich gebe Euch fünf Silberstücke dafür.«

»Fünf? Zehn – es sind schwere Zeiten. Ich habe Schulden bei Jubal«, handelte der Alte Mann, von den Höllenhunden genausowenig eingeschüchtert wie zuvor von Jubal.

Bei der Erwähnung des Sklavenhändlers runzelte der hochgewachsene Höllenhund finster die Stirn, und sein dunklerer Kamerad sog laut die Luft zwischen den Zähnen ein.

»Jubal?« murmelte der Große und griff nach seinem Beutel. »Ihr sollt Eure zehn Silber haben, Fischer – und ein Goldstück obendrein. Für eine solche Leistung sollte einem Mann mehr als nur die Quittung eines Sklavenhändlers bleiben.«

»Vielen Dank.« Panit nickte und nahm die Münzen. »Führt Eure Leute zu den Sümpfen. Eine Krabbe ist selten allein. Treibt sie aufs Trockene, dann kann Kittycat einen Monat lang Krabben essen.«

»Danke für den Rat.« Der Höllenhund verzog das Gesicht. »Wir werden dafür sorgen, daß die Garnison sich darum kümmert.«

»Kein schlechter Fang für einen Tag!« freute sich der Alte Mann, als die Leibgardisten davonschritten. »Und Nya obendrein. Ich werde zwei Silberstücke als Glücksgeld dem Schmied und der S'danzo schicken und außerdem neue Fallen kriegen.«

Er neigte seinen Kopf ein wenig zur Seite und blickte seinen Sohn an. »Nun.« Er warf das Goldstück in die Luft und fing es wieder auf. »Das habe ich ebenfalls und füge es dem anderen Geschenk hinzu.«

»Dem anderen Geschenk?« Hort hob die Augenbrauen.

Das Lächeln schwand aus dem Gesicht des Alten Mannes wie eine Maske. »Natürlich«, knurrte er. »Weshalb, glaubst du eigentlich, habe ich mir das Ungeheuer geholt?«

»Der anderen Fischer wegen?« riet Hort. »Um die Fischgründe zu retten?«

»Deshalb auch. Aber hauptsächlich war es mein Geschenk für dich. Ich wollte dich etwas über Stolz lehren.«

»Stolz?« echote Hort verständnislos. »Du hast dein Leben aufs Spiel gesetzt, damit ich stolz auf dich sein kann? Aber ich war immer schon stolz auf dich! Du bist der beste Fischer von Freistatt!«

»Dummkopf!« sagte der Alte Mann heftig und stand auf. »Es geht nicht darum, was du von mir, sondern was du von dir selbst hältst!«

»Ich verstehe dich nicht«, entfuhr es seinem Sohn. »Du möchtest, daß ich ein Fischer werde wie du?«

»Nein, nein, nein!« Der Alte Mann sprang auf den Sand und stapfte den Strand hoch, doch dann kehrte er um und beugte sich verärgert über den Jungen. »Ich sage es nicht zum erstenmal: Nicht jeder ist zum Fischer geeignet. Du bist es nicht – sei etwas anderes, irgend etwas, und sei stolz darauf. Sei kein Schmarotzer, keiner, der mit dem Wind dahin treibt. Wähl deinen Weg und folge ihm. Du hast immer eine geschickte Zunge gehabt – werde Spielmann, oder ein Geschichtenerzähler wie Hakiem.«

»Hakiem?« rief Hort entrüstet. »Er ist ein Bettler!«

»Er lebt hier. Er ist ein guter Geschichtenerzähler, und darauf ist er stolz. Was immer du tust, wohin du auch gehst – denk an deinen Stolz! Sei gut zu dir selbst, und du brauchst dich vor den Besten nicht zu verstecken! Nimm mein Geschenk, Sohn, es ist nur ein Rat, aber ohne ihn wärest du ärmer dran.« Er warf das Goldstück in den Sand vor Horts Füße und stapfte nun endgültig davon.

Hort hob die Münze auf und starrte dem Alten Mann nach.

»Verzeiht, junger Herr.« Der alte Hakiem kam heftig winkend den Strand entlanggerannt. »War das der Alte Mann – der das Ungeheuer gefangen hat?«

»Ja«, bestätigte Hort. »Aber ich glaube nicht, daß jetzt eine gute Zeit ist, mit ihm zu reden.«

»Kennt Ihr ihn?« erkundigte sich der Geschichtenerzähler und klammerte sich an Horts Arm. »Wißt Ihr, was hier passiert ist? Ich bezahle Euch fünf Kupfer für die Geschichte.« Er war ein Bettler, aber am Hungertuch schien er nicht zu nagen.

»Behaltet Euer Geld, Hakiem«, murmelte der junge Mann und blickte über den jetzt leeren Strand. »Ihr sollt die Geschichte auch so bekommen.«

»Eh?«

»Ja.« Hort lächelte, warf die Goldmünze in die Luft, fing sie wieder auf und steckte sie in seinen Beutel. »Mehr noch, ich lade Euch dazu zu einem Becher Wein ein – aber nur, wenn Ihr mich lehrt, wie man sie erzählt.«

Personenregister

Am Ende jedes Eintrags wird auf den Band verwiesen, in dem die jeweilige Figur erstmals vorgestellt wurde. Die Abkürzungen bedeuten im einzelnen:

DF = Die Diebe von Freistatt (Band 20089)
BS = Der Blaue Stern (Band 20091)
WE = Zum Wilden Einhorn (Band 20093)
RW = Die Rache der Wache (Band 20095)

Aerie – Besucherin aus dem fernen Kaimas, ein geflügeltes Wesen mit weißer Haut, schwarzen Haaren, einem schwarzen Fell am ganzen Körper, das weich und glänzend ist wie Robbenfell, Krallenfüßen und dunklen Schwingen. (RW)
Alten Stulwig – ein Apotheker und Heilkundiger im Westviertel von Freistatt, der sich auch mit Giften und Gegengiften auskennt. (WE)
Aristarchus – ein Troll, abkömmlich aus dem fernen Kaimas, Gefangener im Zirkus Bauchle Meyns'. (RW)
Arman – einer der Höllenhunde, der Elitegarde des Statthalters. Als jüngerer Sohn eines armen Adligen ist er arrogant und folgt Befehlen nur widerwillig, aber er ist dem Prinzen treu ergeben. (DF)
Bauchle Meyns – ein neuerer, unangenehmer Gast im »Wilden Einhorn«; Direktor eines heruntergekommenen Wanderzirkus, der darin gefangene Fabelwesen als Abnormitäten zur Schau stellt. (RW).
Cappen Varra – fahrender Sänger, aus Caronne gebürtig, mit einem gewissen Geschick mit dem Rapier und einer Schwäche für Frauen. (DF)
Chandler, gen. Chan – Besucher aus dem fernen Kaimas, ein hellhäutiger, blonder Mann. (RW)

Darous – Diener des Magiers Enas Yorl; aus naheliegenden Gründen blind. (RW)
Dubro – der große, ruhige Schmied des Basars und Beschützer Illyras. (DF)
Eindaumen – der Wirt der Kneipe »Zum Wilden Einhorn« im Herzen des Labyrinths, ein großer, kräftiger Mann, dem ein Daumen an der rechten Hand fehlt. Nur der Magier Mizraith, der ihn durch einen Zauber schützt, weiß, daß Eindaumen ein Doppelleben führt: Als Lastrel hat er ein Haus im Juweliersviertel, das durch unterirdische Gänge mit Amolis Liliengarten, einem verrufenen Bordell, in Verbindung steht. Er hat auch seine Hand im *Krrf*-Drogenhandel und anderen illegalen Geschäften. (BS)
Enas Yorl – einer der mächtigsten Magier des rankanischen Reiches. Erkennbar nur an seinen rot leuchtenden Augen, da er durch einen Fluch, der auf ihm liegt, in unregelmäßigen Abständen seine Gestalt wechselt. Er lebt in einer palastartigen Residenz unterhalb der Pyrtanisstraße im Juweliersviertel, die, wie es heißt, von Basilisken bewacht wird. (DF)
Haakon – ein Süßigkeitenverkäufer im Basar, beliebt bei den Händlern ebenso wie bei den Käufern. (WE)
Hakiem – der Geschichtenerzähler, der überall gern gesehen oder zumindest geduldet ist. Er verkauft seine Geschichten für Kupferstücke jedem, der sie hören will. Darüber hinaus hört er auch sehr viel, was ihn zu einem wertvollen Spion für Jubal macht. (DF)
Hanse, gen. Nachtschatten – ein junger, dunkelhaariger, außergewöhnlich geschickter Dieb, stets dunkel gekleidet und mit mindestens einem halben Dutzend Messern bewaffnet. (DF)
Haron – Fischerin, trotz ihres Alters immer noch sehr rüstig. (RW)
Hort – Sohn des alten Fischers Panit, ein junger

Mann, der nicht für den Beruf seines Vaters bestimmt zu sein glaubt. (RW)

Ilak – ein Fischer. (RW).

Illyra – eine junge Seherin, die die Vergangenheit und Zukunft aus den Karten liest. Da die S'Danzo-Zigeuner sie als Halbblut verachten und die anderen ihr als S'Danzo mißtrauen, ist sie so etwas wie eine Ausgestoßene. Sie hat ihren Stand im Basar und lebt mit dem Schmied Dubro zusammen. (DF)

Ischade – eine Zauberdiebin, die Jagd auf Magier macht und von ihnen Formeln und dergleichen stiehlt. Aufgrund eines Fehlers, den sie einmal dabei begangen hat, steht sie unter dem Fluch, daß jeder Mann, der mit ihr das Bett teilt, sterben muß. (RW)

Jubal – ein riesiger Neger, ehemaliger Sklave und Gladiator, der ungekrönte König der Unterwelt von Freistatt. In den meisten illegalen Geschäften der Stadt, einschließlich des *Krrf*-Drogenhandels, hat er seine Finger. Er hält sich eine Truppe von Schergen, die man nach ihrer Verkleidung die Falkenmasken nennt. Außerdem verfügt er über ein dichtgeknüpftes Netz von Spionen. (BS)

Kadakithis, Prinz – Statthalter von Freistatt, jung, idealistisch, aber nicht dumm. Er weiß genau, warum er hier ist, weil sein Onkel, der Kaiser von Ranke, ihn aus dem Weg haben wollte. Er ist fair, wenn er kann; seine Feinde haben ihm wegen seiner diplomatischen Art den Namen »Kittycat« gegeben. (DF)

Kemren, gen. der Purpurmagier – ein sehr mächtiger Zauberer, ursprünglich von Sarranpip abkömmlich, lebt (wenn er nicht gestorben ist) auf der Insel Shugthee im Schimmelfohlenfluß westlich von Freistatt. Sein gewaltiger Schatz auf der Insel wird, heißt es, von Spinnen und anderen Monstern bewacht. Mit der Stadt verkehrt er nur durch seine wilden Raggah-Diener, den Nomaden der Wüste. (BS)

Lythande – Pilgeradept, erkennbar an dem blauen Stern auf der Stirn. Wie bei allen Mitgliedern dieser Sekte liegt Lythandes Geheimnis ihrer Macht in einem Geheimnis, das niemand entdecken darf. Lythande ist auch dafür bekannt, niemals in der Öffentlichkeit Speise oder Trank zu sich zu nehmen. (BS)

Mradhon Vis– ein ehemaliger Soldat, der unehrenhaft aus der Garnison entlassen wurde, und sich auch in einer Reihe von anderen Berufen, etwa als Leibwächter, versucht hat; ein neuer, aber häufiger Gast im »Wilden Einhorn«. (RW)

Omat– ein Fischer mit verküppeltem Arm. (RW)

Panit, gen. der Alte Mann – einer der ältesten und erfahrensten Fischer von Freistatt. (RW)

Quag – einer der Höllenhunde, ein älterer, gesetzter, zuverlässiger Mann. (DF)

Quartz– Besucherin aus dem fernen Kaimas, eine hochgewachsene Gestalt mit roten, goldenen und sandig bleichen Locken. (RW)

Razkuli – der jüngste der Höllenhunde, dunkelhaarig, schlank und schnell mit dem Schwert bei der Hand. Hält sich auf seine Kunst im Bogenschießen viel zugute. (DF)

Satan – eine der Attraktionen in Bauchle Meyns' Zirkus, ein schlanker, kraftvoller, geflügelter Mann aus dem fernen Kaimas, mit rotgoldenem Haar und flammenfarbenen Schwingen. (RW)

Sjekso Kinzan – ein Gauner, Aufschneider und Gelegenheitsdieb. (RW)

Tempus (Thales) – der neueste Höllenhund und eine rätselhafte Gestalt, die ihr Leben ganz in den Dienst Vashankas, des rankanischen Kriegsgottes gestellt hat. Er ist ein Riese von einem Mann, mehr als drei Jahrhunderte alt und besitzt die Fähigkeit, seine Wunden zu heilen und seine Gestalt zu tarnen, daß man ihn nicht erkennt. Er hat einen besonderen Haß auf Jubal und verachtet alle Magier. (WE)

Terci – ein Fischer. (RW)

Varies – ein Fischer. (RW)

Westerly, gen. Wess – Besucherin aus dem fernen Kaimas, eine unauffällige, aber entschlossene Frau mit latenten Zauberkräften, von dunklerer Hautfarbe als die Bewohner der südlichen Berge. (RW)

Zalbar – Hauptmann der Höllenhunde und dem Reich treu ergeben. Er ist ein Ehrenmann, und selbst seine Liebe zu Madame Myrtis, der Herrin des Aprosisiahauses in der Straße der Roten Laternen, läßt ihn in seinem Urteil nur wenig schwanken. (DF)